चंद्रताल

पुनीत पुण्डीर

Anecdote
Publishing House

Anecdote
Publishing House

ऐनक्डोट पब्लिशिंग हाउस
इ–35–A, E ब्लॉक, गली. 2 गणेश नगर,
पांडव नगर काम्प्लेक्स दिल्ली–110092

पब्लिश्ड बाय ऐनक्डोट पब्लिशिंग हाउस

प्रथम संस्करण 2022

आई एस बी एन: 978–8195251872
मूल्य ₹ 299

संपादनः अखिलेश बाजपेई
आवरण सज्जा एवं टाइपसेटः सोमेश कुमार मिश्रा
मुद्रणः थॉमसन प्रेस

एक पुराना भ्रम है। इसे अच्छाई और बुराई कहा जाता है।

—फ्रेडरिक नीत्शे

विषय-सूची

आभार

मैं आभार व्यक्त करता हूँ अपनी धर्मपत्नी अंजली का जो मुझे मेरे वचनों को शब्दों में परिवर्तित करने के लिए प्रेरित करती है, मेरी माँ सरिता देवी और पिता राजबल सिंह का जो हमेशा किसी घर की छत की तरह जीवन रूपी किसी भी तरह के मौसम में मेरी रक्षा के लिए मौजूद रहते हैं और मेरे बेटों सात्त्विक और यशवर्धन का जिनके मासूम चेहरे मुझे जीवन की हर एक छोटी चीज में सुंदरता देखने के लिए प्रेरित करते हैं।

।। हरी ॐ ।।

यम संसार

राजेश्वर अपनी कुर्सी पर बैठे हुए उस कमरे की कांच की दीवार से दूर समुद्र की लहरों के मल्लयुद्ध को देख रहा है। उसके बाएं हाथ में महंगी स्विस घड़ी और दायें हाथ में उम्दा क्यूबा की सिग़ार जो धीरे से उसके होंठों को छूती है और उसके होंठ सफेद बादलों का धुआं हवा में छोड़ देते हैं। ऐसा प्रतीत होता था कि जैसे राजेश्वर कुछ पलों के लिए एक अनंत सफेद शून्य में खो गया हो। राजेश्वर एक विशिष्ट प्रकार से सिग़ार पिया

करता था, जब वह कश लेता था तब वह कल्पना करता था कि धुआं उसके मुंह में नहीं बल्कि उसकी दोनों भौंहों के बीच से घुसकर मेरुदंड से होता हुआ रीढ़ की पूंछ तक जाता है। इसके उलट जब वो धूआं वापिस छोड़ता है तो वो धूआं रीढ़ की पूंछ से मेरुदंड में होता हुआ उसके पूरे दिमाग में भर जाता है और एक समय ऐसा आता है जब नशा और नशा करने वाला दोनों एक हो जाते हैं। कुछ पल के लिए ही सही लेकिन राजेश्वर की चेतना अनंत शून्य में स्थिर हो जाती थी।

तभी उस कमरे के दरवाजे पर एक आहट होती है। राजेश्वर एक लंबी सांस लेता है और एक आदेश भरे लहजे में दरवाज़े के दूसरी तरफ खड़े व्यक्ति को अंदर आने के लिए बोलता है। दरवाज़े से वो आदमी अंदर आता है और राजेश्वर के करीब आकर कहता है 'मिस्टर ओबरॉय आपसे मिलने के लिए आए हैं'। राजेश्वर उस व्यक्ति को अंदर आने कि अनुमति देने के लिए कहता है और कुछ ही मिनटों में ओबरॉय कमरे में आ जाता है।

ओबरॉय बड़ी खुशी से राजेश्वर से हाथ मिलाता है और कहता है "मैं कुछ दिन पहले ही यूरोप से आया हूँ और तुम्हारे लिए ये एक बेशकीमती तोहफा लाया हूं।"

ओबरॉय एक हल्की सी मुस्कान भरे होंठों से राजेश्वर से कहता है कि, "मुझे मालूम है कि ये तुम्हारे किसी काम की नहीं लेकिन दोस्ती का नज़राना समझ कर ही रख लो"।

तभी ओबरॉय स्कॉच की एक बोतल राजेश्वर को भेट करता

है और राजेश्वर उस बोतल को साइड टेबल पर रखते हुए ओबरॉय से आने कि वजह पूछता है। जिस पर ओबरॉय कहता है कि, "एक पुराने दोस्त से मिलने के लिए कोई कारण हो जरूरी तो नहीं?"

राजेश्वर कहता है, "मेरे दोस्त वाकई तुम मेरे कुछ अजीज दोस्तों में से एक हो लेकिन तुम्हारे जैसा आदमी जिसके समय के कुछ मिनटों कि कीमत करोड़ों हो सकती है वो बेवजह मेरे पास नहीं आएगा।"

ओबरॉय हंसते हुए कहता है "राजेश्वर तुम्हारी बस इसी बात का मैं कायल हूं कि तुम सीधा मुद्दे की बात पर आते हो, फिर अपना गला साफ करके गंभीर आवाज़ मे कहता है," असल में मेरा एक शिपमेंट त्रिपोली से उठाकर उत्तरी कोरिया के रेसॉनपोर्ट तक छोड़ना है।"

राजेश्वर सिर हिलाकर हां बोल देता है और ओबरॉय एक सुकून भरी साँस लेकर राजेश्वर से कहता है "चलो छोड़ो काम धंधे की बातें तो होती रहेंगी एक बात बड़े दिनों से मेरे मन में थी की कभी तुमसे मिलकर पूछूँगा कि ये बताओ तुम्हें शराब पीने से इतना ऐतराज़ क्यों है? कहा जाता है देवता भी पिया करते थे। सच कहना क्या तुम्हारा कभी मन नहीं हुआ कि कुछ पलों के लिए ही सही इस दुनिया से दूर कहीं तुम्हारा चित्त स्थिर हो जाए या फिर क्या तुम्हारा कभी दिल नहीं टूटा और उस पल को भुलाने के लिए ही सोचा हो की इसका सेवन कर लिया जाए?"

"दिल ही टूटा था इसीलिए छोड़ दी वरना कभी मैं भी इसका सेवन किया करता था। उस पल को मैं कभी भूलना नहीं चाहता इसीलिए शराब पीनी छोड़ दी, मुझे पसंद नहीं कि कोई भी जैविक पदार्थ मेरे दिमाग़ से लिए जाने वाले फ़ैसलों की ताकत में बाधा बने और अगर सवाल रहा चित्त को कहीं और स्थिर करने का तो उसके लिए मेरे पास कई और रास्ते हैं"। राजेश्वर ने जवाब दिया।

ओबरॉय पूछता है "तुम अक्सर बातें तो किसी दार्शनिक कि तरह करते हो लेकिन काम तो सारे जो दुनिया कि नजर में ग़लत और ग़ैर कानूनी है वही करते हो, ऐसा कैसे हो सकता है?"

राजेश्वर कहता है "ज्ञान का किसी आदमी के अच्छे या बुरे काम करने से क्या संबंध? सरस्वती तो किसी को भी आशीर्वाद दे सकती है और वैसे क्या अच्छा है और क्या बुरा है इस सब का फैसला करने वाले हम कौन होते हैं? मै तुम्हें इसके दो उदाहरण दे सकता हूं पहला अंग्रेजों के समय का, जिसमे कि कोई व्यक्ति जितना अधिक अमीर होता चला जाएगा वो व्यक्ति उतना ही कम आयकर भरेगा और जिस व्यक्ति कि आय जितनी कम होगी उसकी आयकर की दर उतनी ही ज्यादा होगी।

दूसरा उदाहरण मुगल काल का जिसमें कि जिस व्यक्ति ने इस्लाम नहीं अपना रखा उसे जज़िया नामक अतिरिक्त कर देना पड़ता था क्या आज के समय में तुम इन नियमों को सही बताओगे? जबकि ये दोनों चीज़े उस समय के हिसाब से पूरी

तरह से कानूनी और बहुत से लोगों के लिए सही थी? मेरा मानना है कि हम कोई नहीं होते किसी चीज को सही या गलत कहने वाले और मैं गलत काम कर रहा हूँ या सही ये तो समय ही बताएगा"।

मदुरै

मालगाड़ी कि रफ़्तार धीरे होने लगी और साथ ही साथ उसे होश आने लगा। वो बाहर झांकने लगा तो उसने एक रेलवे स्टेशन आते देखा। रेल रुकी नहीं बल्कि स्टेशन के पास आकर धीमी होते हुए उसे पार करने लगी। उसने रेलवे स्टेशन का नाम बड़े अंग्रेजी अक्षरों में पढ़ा 'त्रिची'। उसने गौर किया कि उसे जिस शहर में जाना था यह वही रास्ता था। उसने सोचा आगे का सफर रेल से तय करना सही नहीं है लेकिन जिस

तरह से उसका शरीर रक्त से लथपथ है अगर वो इस हालत में स्टेशन पर उतरा तो अवश्य ही पुलिस उससे पूछताछ करेगी। वो मालगाड़ी के एक कोने में कमर लगाकर बैठ गया और अपने घावों को घूरने लगा। उसके शरीर पर तेज धार हथियारों के कई घाव थे लेकिन गुस्से और दुख के संगम से बने हुए जल भरी वो आंखे उसकी चेतना को बस एक ही बात

बार-बार कहने के लिए प्रेरित कर रही थीं कि "मैं मर नहीं सकता, मैं मर नहीं सकता"।

तभी एक जंगल के पास वो मालगाड़ी किसी वजह से कुछ धीरे हो जाती है और वो उस माल गाड़ी से बाहर कूद जाता है। इस आकांक्षा से कि जरूर आस पास कोई गांव होगा और कोई उसकी शायद मदद कर दे। वो जंगल में थोड़ा पैदल चलकर एक पत्थर से सिर लगा कर बैठ जाता है और सुबह होने की प्रतीक्षा करने लगता है। वो सोचता है कि आखिर कुछ मामूली छीनाझपटी करने वालों ने उस पर जानलेवा हमला क्यों किया? वो याद करता है कि मदुरै के होटल से निकल कर वो सीधा पहले से ही तय की हुई टैक्सी से सीधा रेलवे स्टेशन पहुंचता है। ड्राइवर टैक्सी की डिग्गी से उसे समान पकड़ाता है और वो उसे उसका किराया दे देता है। ड्राइवर गाड़ी स्टार्ट करके स्टेशन के आगे से निकल जाता है और जहां तक उसे याद है ड्राइवर किसी को भी बिना कोई आंखों का इशारा करे निकल गया था। इसका मतलब ड्राइवर का इस लूटपाट में कोई हाथ नहीं है। अगर

ड्राइवर को लूटना ही होता तो वो रास्ते में कहीं पर भी गाड़ी रोक सकता था।

जैसा कि वो याद कर पा रहा था एक व्यक्ति ने कोई तेज धारदार हथियार उसकी कमर पर लगाया और उसकी जेब टटोलने लगा तभी दो व्यक्ति और उसके सामने आकर खड़े हो गए। उन्होंने भी उसकी एक तरह से कमर टटोलते हुए तलाशी लेनी शुरू कर दी। हालांकि उसने अपने आप ही अपनी पिछली जेब से बटुआ निकाल कर उनके हाथ में दे दिया और उसका समान भी उन्हें देने के लिए इशारा किया। फिर भी पीछे वाले व्यक्ति ने उसकी कमर पर चाकू से वार कर दिया और तभी आगे खड़े लोगों में से एक ने उसके पेट में छुरे से वार कर दिया। उसने आगे वाले दोनों व्यक्तियों को जोर से धकेला और रेलवे स्टेशन के अंदर भागने लगा। उसकी ट्रेन सामने ही खड़ी थी वो एक डिब्बे में घुस गया लेकिन तभी अचानक उसके मन में क्या आया कि वो उस डिब्बे के दूसरे दरवाजे से बाहर निकल गया और पास कि मालगाड़ी में छुप गया जो कि कुछ देर बाद चल पड़ी।

साधु

यह सब सोचते-सोचते उस की आँख लग गई। सूरज की पहली किरण जैसे ही उसके मुंह पर पड़ी वह जाग गया और जंगल में किसी अनजान राह पर सीधे ही चलने लगा। बहुत देर तक चलने के बाद उसे एक कच्ची पगडंडी दिखाई दी जिससे उसे आभास हुआ कि पास में अवश्य ही कोई इंसानी बस्ती है। उस पगडंडी पर कुछ किलोमीटर चलने पर एक खंडहर जैसा प्रतीत होने वाला कोई प्राचीन मंदिर दिखा जिसके

अंदर वह घुसा तो एक श्याम वर्ण का वृद्ध व्यक्ति वहीं दरवाजे के पास खड़ा था उसने उसे अपने घावों के बारे में समझाना चाहा लेकिन वह व्यक्ति उसकी कोई बात नहीं समझ सका। उसे अचानक याद आया कि वो उत्तर भारत में नहीं बल्कि दक्षिण भारत में है लेकिन उसकी हालत देखकर अच्छी तरह समझ गया था कि ये घायल है। उस वृद्ध व्यक्ति ने उसे पास बैठने को कहा और वो वहां बैठ गया। वृद्ध व्यक्ति थोड़ी ही देर में एक बर्तन में कोई पीला पदार्थ ले आया और उसके घावों पर लगा दिया। उस वृद्ध ने उसे एक गिलास में पीले रंग का हल्दी मिला हुआ दूध दिया। जिसे उसने पी लिया और थोड़ा आराम करने के लिए अपनी आंखे बंद कर ली। जब उसकी आंखे खुली तब तक रात हो चुकी थी और उसने देखा वहां उस वृद्ध व्यक्ति के अलावा केसरिया रंग के कपड़े पहने कुछ साधू बैठे थे। वो उनके पास गया और उनसे पूछा कि क्या वो उसकी बात समझ सकते हैं? तो उन सब में से एक व्यक्ति बोला हां बिल्कुल समझ सकते हैं हम चारों ही हिन्दी अच्छी तरह समझते हैं। गेरुआ रंग के कपड़े पहने हुए व्यक्ति ने उससे पूछा कि सबसे पहले ये बताओ कि तुम्हारा नाम क्या है और ये दशा तुम्हारी कैसे हुई? उसने बताया कि मेरा नाम राजेश्वर है और रास्ते में ही मदुरै के पास कुछ चोरों ने छीनाझपटी के दौरान उसे घायल कर दिया और वह किसी तरह अपनी जान बचाते हुए यहां आया है। वो उन सब से पूछता है कि क्या वो उसकी कुछ मदद कर सकते

हैं? उस व्यक्ति ने बोला बिल्कुल। हमसे जो बन पड़ेगा हम आपकी मदद करेंगे। उस समूह में से एक व्यक्ति ने धीरे से उसकी शर्ट के बटन खोले और उसके घाव का निरीक्षण किया और बताया कि घाव बहुत गहरे हैं और यह भी हैरत की बात है कि यह अभी तक जीवित है। राजेश्वर ने कहा कुछ भी हो मैं मरना नहीं चाहता। मुझे आस पास कोई भी अस्पताल हो वहां ले जाइए मुझे हर हालत में जिंदा रहना है और इतना बोलकर वो वहीं बैठ गया।

उन साधुओं ने आपस में मंत्रणा की कि आसपास कोई भी चिकित्सालय नहीं है और न ही ऐसा कोई अंग्रेजी डॉक्टर जो इसके घाव का इलाज कर सके। उस सब में से एक साधु बोला वैसे भी मुझे नहीं लगता कि इसके पास जीवित रहने के लिए ज्यादा समय है। इतना गहरा घाव और इतना खून बह जाने के बाद भी यह कैसे जीवित है इसका जवाब तो केवल शिव ही दे सकते हैं। एक साधु बोलता है अवश्य ही इसके जीवित रहने का कारण इसका यह दृढ़ निश्चय है कि वह मरना नहीं चाहता। चारों साधुओं में से एक साधु बोलता है क्या इसे भी हम अपने साथ ले चले और बाकि तीनों साधु अचंभे से उस साधु के चेहरे को देखने लगे। एक साधु बोला ऐसा कैसे हो सकता है कि हम किसी अनजान व्यक्ति को ऐसी पवित्र और गुप्त स्थान पर कैसे ले चले। तो एक व्यक्ति ने कहा आखिर क्यों नहीं वैसे भी वह जगह सदियों से एक जीवनदायनी का ही तो काम कर रही है। अतः

सबने मिलकर फैसला किया कि चलो इसे अपने साथ लेकर चलते हैं, अगर वहां तक हमारे साथ पहुंच जाता है तो ठीक है और यदि यह रास्ते में ही अपने प्राण छोड़ देता है तो ये उसकी नियति होगी लेकिन उसके आगे का अंतिम निर्णय गुरु जी ही करेंगे।

उन चारों ने अपने विचार के बारे में उसे अवगत कराया कि अगर तुम हमारे साथ चलो तो हम वचन तो नहीं देते कि तुम ठीक हो जाओगे लेकिन शायद एक उम्मीद है कि तुम बच जाओ। यह सुनकर राजेश्वर तत्पर ही जाने के लिए तैयार हो गया। उन्होंने कहा ठीक है आज तो वो खुद इस मंदिर में आश्रय लेने आए हैं कल से आगे का सफर जारी करेंगे। अगली सुबह वो उठकर चलना शुरू करते हैं। राजेश्वर ने उनमें से एक व्यक्ति का नाम पूंछा जिसपर उसने अपना नाम वेंकटेश बताया। उसने बताया कि उसका संबंध त्रिची के शिव मंदिर से है। इस पर राजेश्वर कहता है कि मैंने तो सोचा ही था कि भारत में अधिकतर संत समाज के लोग दसनामी अखाड़े से जुड़े होते है और जो उससे नहीं भी जुड़े होते तो अपने नाम के बाद कोई उपनाम तो अवश्य ही रखते हैं। अवश्य ही आप त्रिची के उस मंदिर के पुजारी हैं। वेंकटेश ने हँसते हुए जवाब दिया कि, “मैं इन दोनों में से कुछ भी नहीं हूं और मैं ही नहीं मेरे समूह में से कोई भी इन दोनों में से कुछ नहीं है।”

"तो फिर आप क्या हैं?" राजेश्वर पूछता है।

वेंकटेश जवाब देता है कि आप कह सकते है कि हम इन दोनों के बीच कि कड़ी हैं। इसके बाद दोनो मौन हो जाते और आगे चलते रहते हैं।

चंद्रताल

जब वो लोग अपने गंतव्य पर पहुंचते है तो राजेश्वर देखता है एक छोटी सी गुफ़ा से जल की धारा निकल कर पास की एक झील में जाकर मिल रही है। और वहीं गुफ़ा के बाहर एक बूढ़ा और एक जवान बाकी लोगों कि तरह ही गेरुआ वस्त्र धारण किये खड़े हैं। राजेश्वर के साथ के चारों व्यक्तियों ने उन्हें गुरुजी कहकर संबोधित करते हुए उनके चरण स्पर्श किया। राजेश्वर ने भी ऐसा करना चाहा लेकिन किन्ही कारणों से गुरु जी

ने उसे ऐसा करने से मना कर दिया। गुरु जी ने वेंकटेश से प्रश्न किया कि ये किसे अपने साथ लाए हो? तो वेंकटेश ने जवाब में कहा कि गुरु जी यह व्यक्ति हमें मार्ग में एक मंदिर में घायल अवस्था में मिला और इसने हमसे सहायता कि प्रार्थना की इसलिए हम इसे ले आए हालांकि हमने इसे पहले ही बोल दिया है कि किसी भी तरह का अंतिम निर्णय गुरु जी का ही होगा।

"लेकिन तुम इसे किसी अस्पताल या डॉक्टर के पास क्यों नहीं ले गए?" गुरु जी ने प्रश्न किया।

जवाब में एक शिष्य ने कहा कि गुरु जी जिस प्रकार के घाव इसके शरीर पर है उसे देख कर हमें लगा कि इसके पास अधिक समय नहीं है और ऐसी हालत में इसे छोड़ना हमसे नहीं हो पाया और वैसे भी आपने ही तो कहा है कि जिस व्यक्ति के अंदर करुणा नहीं वह व्यक्ति एक असुर के समान ही है।

"लेकिन जब एक व्यक्ति इतना दूर यहाँ तक स्वयं चल कर आ सकता है तो मुझे नहीं लगता कि उसका घाव इतना भी गहरा है कि तुम चारो को आज कि इतनी महत्वपूर्ण रात्रि को यहां लाने की कोई आवश्यकता थी" गुरु जी ने कहा।

इस पर वेंकटेश ने जवाब दिया कि गुरु जी कृपया आप खुद ही इसका निरीक्षण कर लीजिए।

गुरु जी ने कुछ देर तक राजेश्वर के मुख को निहारा और फिर उसके घावों का परीक्षण करने के बाद कहा कि इसमे तो तमस का ज्यादा प्रभाव लगता है बड़ी विचित्र बात है कि इसकी

प्राण शक्ति इतनी शक्तिशाली है कि ये इसे जीवित रखने में समर्थ हो पा रही है। कुछ दुर्लभ हठ योगी ही है जो ऐसा करने में समर्थ है। शायद ये इसके पिछले किसी जन्म के कर्म का असर ही है कि ये अभी तक जीवित भी है और माँ शक्ति के चरणों में इस महत्वपूर्ण रात्रि को यहाँ उपस्थित है। ठीक है देवी कि साधना के बाद इसे भी झील किनारे ले आना।

वो चारों साधु और वो नवयुवक गुफा के आगे बैठ कर कुछ देर तक ध्यान में लीन हो जाते हैं फिर वेंकटेश अपने कपड़ों में से एक पोटली निकालता है और ज़मीन पर उसमें रखा सामान निकालता है जो कि देखने में मात्र कुछ कंकर और रेत लग रहे थे और बाहर निकालते ही रेत और कंकर बड़ी तेजी से गुफा के अंदर ऐसे खिंचे चले जा रहे थे जैसे कि कोई बहुत बड़ा चुंबक लोहे के टुकड़ों को आकर्षित कर रहा हो। इसी तरह से दूसरे साधु ने बर्तन से थोड़ा पानी बाहर की ओर छलकाया और वो पानी गुफा की ओर ऊपर की तरफ रेंगने लगा और राजेश्वर यह देख कर हैरान था कि पानी के उपर खिसकने पर भी जमीन के गीले होने के कोई निशान नहीं थे। इसी तरह तीसरे व्यक्ति ने एक घी लगी रूई कि बत्ती निकाली और उसे प्रज्वलित कर दिया और अचंभित रूप से सिर्फ लौ ऊपर उठती हुई गुफा में प्रवेश कर गई और बत्ती रह गई। ये सब देख कर राजेश्वर एक अजीब से असमंजस में पड़ गया। ये सब कुछ विज्ञान है या फिर इस दुनिया के सभी नियमों में से किसी भी तरह से तर्क संगत

नहीं लग रहा था। कुछ समय के लिए तो उसे अपने विवेक पर ही संशय होने लगा लेकिन बस मूक होकर ये सब देखने के अलावा वह कर भी क्या सकता था?

चौथे व्यक्ति ने एक बर्तन का ढक्कन खोला जो कि खाली था लेकिन उसमे से एक तेज हवा का झोंका आया और वहां कि घास और पत्तों में अपना पथ बनाते हुए गुफा कि तरफ जाता हुआ प्रतीत हुआ। वो पांचवा नवयुवक जो कि पहले ही वृद्ध गुरु जी के साथ खड़ा था और जिसने उन चारों साधुओ के समूह के साथ ध्यान करना शुरू किया था उसने दोनों हाथ हवा में उठाए और कोई मंत्र कहा जिसके कहने मात्र से गुफा के अंदर से एक तेज ध्वनि निकली और गुफा के अंदर से तेज प्रकाश प्रज्वलित होना शुरू हो गया। और गुफा से निकलती हुई जलधारा जो कि झील में गिर रही थी उसके अंदर धीरे-धीरे किसी प्रकाश के प्रज्वलन का आभास होना शुरू हो गया। कुछ ही समय बाद ऐसा प्रतीत होना शुरू हो गया जैसे कि लाखों जुगनू उस धारा और झील में तैर रहे हो।

साधना के बाद सभी झील किनारे पहुंच जाते हैं और राजेश्वर को समझाया जाता है कि उसे बस झील के इतना अंदर तक घुस कर लेट जाना है कि उसका सिर बाहर रहे। राजेश्वर नग्न होकर ऐसे ही झील में लेट जाता है और कुछ ही दूर पर गुरु जी भी ऐसी ही अवस्था में लेट जाते हैं।

राजेश्वर एक अलग ही विडंबना में था कि उसके साथ हो

क्या रहा है वो खुद भी क्या ही कर रहा है लेकिन साधना के समय जो गुफा के सामने हुआ वो भी तो उसकी समझ से परे था और इस सब के अलावा अब उसके पास और चारा भी क्या था। या तो कोई चमत्कार ही हो सकता था वरना मृत्यु तो निश्चित ही थी।

राजेश्वर और गुरु जी दोनों ने अपनी आंखें मूंद ली और दो-दो व्यक्तियों ने उन दोनों के सिर पर झील में से जल लेकर उड़ेलना शुरू कर दिया और पांचवें व्यक्ति ने किसी तरह का मंत्र जाप शुरू कर दिया। कुछ ही क्षण बाद राजेश्वर को शरीर में एक बेचैनी सी शुरू हो गई जो धीरे–धीरे पीड़ा में बदलने लगी लेकिन जैसे-जैसे झील का जल उसके सिर पर पड़ने लगा वैसे ही धीरे-धीरे उसे नींद आनी शुरू हो गई। उसे अपनी बंद आंखों में ही प्रकाश का एक पुंज दिखना शुरू हो गया जो कि इस प्रकार फैलता गया कि उसे अब उस प्रकाश के अलावा किसी और चीज का आभास न रहा।

सूरज कि लालिमा जैसे ही आकाश में दिखनी शुरू हुई एक एक व्यक्ति ने राजेश्वर और गुरु जी का माथा मलना शुरू कर दिया और इधर राजेश्वर को अपने सिर में जो प्रकाश प्रतीत हो रहा था वो भी कम होना शुरू हो गया। राजेश्वर ने जैसे ही आंखें खोली उसे शीघ्र ही बाहर निकालने का निर्देश दिया गया। वो झट से झील से बाहर निकल गया और एक व्यक्ति ने उसे एक कपड़ा थमाते हुए जल्दी से शरीर से पानी पोंछने को कहा।

उसने शीघ्र ही अपने सिर से पानी पोंछना शुरू किया और जैसे ही उसकी आंखे छाती से नीचे पहुंची उसके हाथ रुक गए। वो ये देख कर स्तब्ध था कि न केवल उसके पेट का घाव ठीक हो चुका था बल्कि उस जगह अब कोई निशान भी बाकी नहीं रहा। तभी वेंकटेश ने जोर से उसकी पीठ पर हाथ मारते हुए उसे जल्द ही सिर और शरीर पोंछने का निर्देश दिया। उसने जल्द ही शरीर पोंछ लिया तो गुरु जी कि तरफ देखा तो वो अपनी आयु से लगभग दस वर्ष कम लग रहे थे। उन सब ने जल्द ही झील से दूर पास के जंगल में तेजी से चलना शुरू कर दिया और एक घने पेड़ के नीचे जाकर बैठ गए। वेंकटेश ने उसे बताया कि उसे बस कुछ देर ही सूर्य कि किरणों के संपर्क से दूर रहना है फिर वो कहीं भी जाने के लिए मुक्त है।

राजेश्वर गुरु जी से प्रार्थना करता है कि अभी उसके जीवन को संकट है और कुछ दिन उनके साथ ही बिताने कि आज्ञा माँगता है। गुरु जी कहते हैं कि वो सब बस अगली सुबह तक यहां है उसके बाद सभी छह लोग अपने अपने गंतव्य कि तरफ निकल जाएंगे। अगर वो चाहे तो वो उनमें से किसी के भी साथ कुछ दिन बिता सकता है। राजेश्वर गुरुजी के साथ ही कुछ दिन बिताने कि इच्छा प्रकट करता है। गुरु जी उसे अपने साथ आने कि आज्ञा दे देते है। सुरक्षा कारणों से राजेश्वर को भी गेरुए वस्त्र धारण करने के लिए दे दिए गए। अगली सुबह सब चंद्रताल से निकल जाते हैं और शाम तक सभी उसी प्राचीन मंदिर तक

पहुँच जाते है जहां राजेश्वर पहली बार उन चारों साधुओं से मिला था। वहां पर रात बिता कर सभी लोग अगले दिन दोपहर तक त्रिची पहुंच जाते है। वहां पर सभी लोग गुरु जी के चरण स्पर्श करते हैं और अपने अपने गंतव्य कि दिशा में चल पड़ते है। राजेश्वर भी गुरु जी के साथ बस में आगे निकल जाता है।

आश्रम

वो दोनों बस से उतर कर एक कच्चे रास्ते पर चल देते हैं और एक गांव में से गुजरते हैं। वहां राजेश्वर एक सुंदर मंदिर देखता है उसकी तारीफ गुरु जी से करता है। गुरु जी कहते है "अवश्य ही ये एक सुन्दर मंदिर है और इसकी भी एक कड़ी चंद्रताल से जुड़ी है लेकिन इसके बारे में मैं तुम्हें अपनी कुटिया में पहुंचकर बताऊंगा"। दोनों गांव पार करके एक लक्कड़ और घास फूस से बनी एक कुटिया में पहुंच जाते हैं। वहां पर गुरु जी

उसे कुटिया में रखे मटके में से अपने और उनके लिए पानी लाने के लिए कहते हैं। राजेश्वर उनके लिए पानी लाता है और उनसे उस मंदिर और चंद्रताल के संबंध के बारे में पूछता है। वो बताते हैं कि उस मंदिर में कभी एक लड़का रहता था जब वो ग्यारह साल का था तो एक गंभीर बीमारी से ग्रसित हुआ तब हमने उसे भी चंद्रताल में ले जाकर देवी से एक तरह से नया जीवन दिलवाया था।

गुरुजी कहते हैं "चलो अब तुम भूखे होगे चलकर कुछ खाने का इंतजाम करो"।

राजेश्वर उन्हे थोड़ी देर तक विस्मय से देखता है और कहता है "इस वीरान जगह में मैं खाना कहाँ से लाऊँ"? गुरु जी कहते है अंदर एक बर्तन रखा है उसे उठाकर यहां लाओ। राजेश्वर को एहसास हुआ कि वो कोई चमत्कार देखने वाला है। राजेश्वर बर्तन उठा कर लाता है और गुरु जी उस बर्तन में थोड़ा पानी गिरा देते हैं, राजेश्वर अपनी कमर सीधी करके अपना ध्यान गुरु जी पर केंद्रित करके बर्तन हाथ में पकड़कर उनसे पूछता है "आगे क्या निर्देश है गुरु जी?"

गुरु जी कहते है "इस पानी से बर्तन को धोकर पास के गांव से कुछ खाने के लिए भिक्षा मांग लो" । राजेश्वर चौंककर कहता है "क्या? भीख और मैं"। गुरु जी कहते है कि अगर पेट की आग शांत करनी है तो भीख तो मांगनी ही पड़ेगी। तुमने क्या सोचा मैं क्या कोई तंत्र मंत्र से इसमे भोजन प्रकट कर दूंगा? और भिक्षा

तो तुम्हें मांगनी ही पड़ेगी वरना वापस जाने का द्वार तुम्हारे सामने है। राजेश्वर वो बर्तन लेकर गांव में एक घर के आगे खड़ा हो जाता है और आवाज लगता है "भिक्षा माई"। अंदर से एक स्त्री थोड़ा भोजन ले आती है। वह ऐसे ही कुछ घरों से भोजन एकत्र करके वापिस कुटिया में पहुंच जाता है। वहां दोनों भोजन करते हैं। गुरुजी कुटिया में लगे पौधों को पानी देने के लिए उठ जाते है। राजेश्वर भी उनके पीछे-पीछे उनकी मदद के लिए चल देता है।

राजेश्वर उनके साथ-साथ पौधों को पानी देता हुआ बोलता है कि "गुरुजी मेरे हृदय में एक अजीब सी बेचैनी हो रही है कुछ समझ में नहीं आ रहा कि मेरे साथ क्या हो रहा है"।

गुरु जी पूछते है कि क्या हुआ? वह बताता है कि गांव में एक घटना हुई जिसे देख बस रोने का मन हो रहा है, यद्यपि मैं एक बहुत कठोर व्यक्ति हूँ लेकिन पता नहीं मेरे साथ ऐसा क्यों हो रहा है। जब गांव में एक घर के आगे में भिक्षा माँगने गया तो एक छोटा सा बच्चा मेरे पैरों को टटोलने लगा। मैंने ध्यान से देखा तो पता चला कि वह बच्चा अंधा है मैंने उस बच्चे कि हरकत पर कोई ध्यान नहीं दिया। इतने में उसकी माँ जैसे खाना लेकर आती है वो उस बच्चे को आवाज लगाकर शायद पीछे हटने को कहती है लेकिन बच्चा फिर भी मेरे पैर टटोलता रहा। फिर उसकी माँ ने अपने हाथ से उसकी बाँह को स्पर्श किया और बच्चा तुरंत पीछे हट गया इसका अर्थ था कि वो सुन भी नहीं

सकता था और मैंने गौर किया तो पाया वो बोलने में भी असमर्थ था। मैं खाना लेकर चुपचाप चल पड़ा। मैंने अपने जीवन में बहुत बुरे बुरे दुराचारी कार्य किये हैं इससे भी दयनीय स्थिति में मनुष्यों को देखा लेकिन मेरे हृदय में इस तरह कि बेचैनी कभी भी नहीं हुई।

गुरुजी जवाब देते हैं "क्या कभी तुमने सोचा है कि सन्यासी भिक्षा क्यों मांगते हैं? क्या सिर्फ पेट भरने के लिए? या फिर वो अपनी साधनाओ में इतना वयस्त होते हैं कि उनके पास समय ही नहीं भोजन के लिए धन अर्जित करने के लिए? ये दोनों ही बाते पूरी तरह से सत्य नहीं है। हम भी चाहे तो कोई छोटा मोटा रोजगार करके बचे समय में अपनी पूजा साधना कर सकते हैं लेकिन एक और कारण है जिसकी वजह से हम भिक्षा मांगते है। वो ये है कि भिक्षा मांगने से धीरे धीरे हमारे अंदर का अहंकार खत्म होता है। जब अहंकार खत्म होना शुरू हो जाता है तो करुणा का उदय होना शुरू हो जाता है। वैसे देखा जाए तो ये दोनों चीजे एक दूसरे की पूरक है अगर करुणा पैदा होना शुरू हो जाए तो अहंकार खत्म होना शुरू हो जाता है।

आज तुम्हारे साथ ये दोनों ही घटनाएं एक साथ हुई। जब तुमने भिक्षा मांगनी शुरू कि तब अहंकार का लोप होना शुरू हो गया और जब तुमने उस बच्चे को ऐसी स्थिति में देखा तो करुणा का उद्गम होना शुरू हो गया। तुमने कहा कि तुम्हारा रोने का मन हो रहा है और यदि ऐसा है तो मैं कहता हूं कि तुम्हें

थोड़ा रो लेना चाहिए। थोड़ा सा रो लेने में कभी किसी की हानि नहीं हुई और तुम्हारा कहना है कि तुमने जीवन में बहुत ही दुराचारी कार्य किये हैं तब तो ऐसा कभी नहीं हुआ तो उसका कारण बस इतना ही है कि तुम्हें अपने अस्तित्व का इतना ज्यादा अहंकार था कि करुणा के जीवन में आने कि जगह नहीं मिली।

तो क्या आप ये कहना चाहते कि मेरे जीवन में कभी करुणा आई ही नहीं? "राजेश्वर ने पूछा"

उन्होंने उत्तर दिया "नहीं ऐसी बात नहीं है, करुणा के छोटे-छोटे क्षण हमेशा आते हैं लेकिन हम अक्सर या तो उन क्षणों को पहचान नहीं पाते और अगर पहचान भी लेते है तो हम उन क्षणों को हमारी बुद्धि अपने जीवन का हमेशा के लिए इसलिए हिस्सा नहीं बनने देती क्योंकि वो हमे समझाने का प्रयास करती है कि यदि ऐसा हुआ तो आजीवन हमने अपने अस्तित्व को बटोरने कि जो मेहनत कि है उसका क्या होगा। हमारी बुद्धि डरती है कि कहीं इस बटोरे हुए अस्तित्व का नाश न कर दे और यदि ऐसा हुआ तो अहंकार ही खत्म हो जाएगा और उसी के ऊपर तो ये बुद्धि जीवित है"।

राजेश्वर ये सब बाते सुनकर कुछ असमंजस में पड़ गया और चुप ही रहा।

चंद्रताल रहस्य

राजेश्वर उनसे चंद्रताल के बारे में और बताने के लिए कहता है। गुरु जी बताते हैं "चंद्रताल के बारे में वैसे तो कोई भी लिखित वर्णन नहीं है। लेकिन गुरु शिष्य परंपरा के अनुसार एक गुरु से अपने शिष्यों को इसके बारे में बताया जाता है। चंद्रताल सिर्फ एक आम झील है लेकिन हर साल महाशिवरात्रि पर कुछ ग्रहों कि स्थिति इस प्रकार हो जाती है कि जब तक शिव के मस्तक पर स्थित चंद्रमा की किरणें उस ताल पर रहती है वह

ताल एक तरह से माँ गंगा के अमृत में बदल जाती है। कहा जाता है कि चंद्रताल के साथ में जो गुफा है उसमे एक शिला है उसे साक्षात सूर्यदेव ने स्थापित किया था। जब वो शिला वहां स्थापित हुई थी तब चारों तरफ इतना तेज प्रकाश था कि सबकी आंखों को चौंधिया दिया था। उस शिला में इतनी ज्यादा ऊर्जा थी कि उस जगह के आस पास के जीव क्षण भर में ही समाप्त हो गए। जहां वो शिला रखी गई थी वहां उस शिला की ऊर्जा से एक बहुत बड़ा गड्ढा बन गया जिसमें पानी भरने के बाद ही वो चंद्रताल बनी। उस शिला में इतनी ज्यादा विस्फोटक ऊर्जा थी कि सालों तक भी कोई उसके पास नहीं जा पाया। जो भी गया दूर से ही भस्म हो गया लेकिन फिर एक दिन एक ऋषि वहां अपने शिष्यों के साथ आए उन्होंने उसका प्रभाव कम करने के लिए अपनी यौगिक शक्तियों से उसके पांच भूत तत्वों को उससे निकाल कर अलग-अलग जगह विभाजित कर दिया। ये पांच भूत तत्व थे धरती, अग्नि, वायु, जल और आकाश। उन्होंने अपने शिष्यों के द्वारा उस शिला के उन पांचों तत्वों को पांच अलग अलग जगह विस्थापित करवा दिया और फिर शिला को उठा कर वहां रखा जहां वो शिला आज मौजूद है"।

राजेश्वर ने पूछा "तो क्या उन्होंने उस शिला को उस गुफा के अंदर रख दिया?"

गुरुजी बोले "नहीं वहां पहले कोई गुफा नहीं थी। वह आम सी दिखने वाली गुफा एक कृत्रिम गुफा है। इस गुफा को बनाने

के लिए विभिन्न तरह की धातुओं को विभिन्न जगहों में स्थित खदानों से लाया गया और एक उचित अनुपात में संयुक्त करके किसी इमारत का रूप न देकर एक गुफा जैसा रूप दिया गया जिस से हर कोई उसमें न जाए। और हां आम इंसानों से इसे दूर रखने के लिए कुछ अफवाहें भी फैलानी पड़ी।"

"तो क्या उस गुफा से उसकी शक्ति नियंत्रित हो गई?" राजेश्वर ने पूछा।

गुरु जी ने कहा "हां एक सीमा तक लेकिन उन्होंने शिला ऐसी जगह रखी जहां प्राकृतिक जल स्रोत था और उसी जगह पर गुफा का भी निर्माण हुआ। वह जल स्रोत भी शिला कि ऊर्जा को शांत करने में अत्यधिक मददगार साबित हुआ"।

राजेश्वर पूछता है "गुरुजी अगर उसकी शक्ति को कम कर दिया गया है तो शिवरात्रि से किसी अलग दिन अगर कोई व्यक्ति वहां पहुंच कर उस शिला को नुकसान पहुंचाता है तो उसकी रक्षा कौन करेगा?"

गुरु जी हंसते हुए कहते है "अरे रक्षक को भी क्या रक्षा कि जरूरत होती है। उसे बस एक शिला मत समझना उस शिला की शक्ति जीवित है। वो खुद सोचने और कार्य करने में समर्थ है। उसमें साक्षात देवी का वास है। वो अपनी रक्षा स्वयं कर सकती है"।

"गुरु जी अगर पांचों तत्वों को उस शिला से तब मिलाया जाए जब शिवरात्रि न हो तो क्या होगा?" राजेश्वर ने पूछा।

"अनर्थ होगा। वो शक्ति कुछ समय के लिए फिर विस्फोटक हो जाएगी और अपने आस पास के जीवन को खत्म कर देगी" गुरुजी ने जवाब दिया।

"गुरुजी आपने कहा कि उस शक्ति के पांच भूत तत्वों को कुछ अलग-अलग स्थानों पर विस्थापित कर दिया गया, इसका क्या मतलब है और उन्हें किन स्थानों पर विस्थापित किया गया" राजेश्वर कहता है।

गुरुजी एक गुब्बारे का उदाहरण देते हुए समझते है कि गुब्बारा हवा के द्वारा फुलाया जाता है और ऐसी स्थिति में वो अपना अर्थ पूरा करता है। तुम इस तरह से समझ सकते हो कि वो गुब्बारा उस हवा का भूत तत्व है और उस शिला के भूत तत्वों को जिन पांच जगह पर रखा गया था वहां आज पांच शिव मंदिर है जिन्हे पंचभूत स्थल भी कहा जाता है। ये पंचभूत स्थल इस प्रकार है पहला एकाम्बरेश्वर मंदिर, कांचीपुरम, दूसरा जंबुकेश्वरर मंदिर, त्रिचि, तीसरा अरुणाचालेश्वर,थिरुवन्नामलाई, चौथा श्रीकालेश्वर,श्रीकालहस्ती और पांचवा नटराज मंदिर, चिदंबरम। ये सभी मंदिर क्रमशः पृथ्वी, जल, अग्नि वायु और आकाश तत्व को प्रदर्शित करते हैं। वो पांचों साधु जिनसे तुम चंद्रताल पर मिले थे वो सारे साधु इन जगहों के सेवक है जो कि हर साल महाशिवरात्रि पर चंद्रताल पर एकत्रित हो जाते हैं लेकिन हमारी सदियों से यह व्यवस्था रही है कि हम उन सब योगी साधुओ में से किसी न किसी एक को चंद्रताल पर रखते हैं जिससे की वो

किसी भी प्रकार से भूत या पिशाच का डर देकर उस जगह का भय दिखा कर उन्हें दूर रखें।

एक दिन गुरु जी राजेश्वर के बारे में और उसके घायल होने का कारण पूछते हैं तो राजेश्वर बताता है कि वैसे तो मैं एक व्यापारी हूं लेकिन मैं सामान्य चीजों से अलग भी कई चीजों का व्यापार करता हूं जिसे कानूनी नहीं कहा जा सकता। मेरे बहुत से दोस्त है और उससे कहीं ज्यादा दुश्मन भी हैं। जिन लोगों ने भी मेरी मृत्यु कि योजना बनाई होगी जल्दी ही मैं उनका पता लगवा कर उन्हें उनकी इस हरकत पर शीघ्र ही न्याय निश्चित करूंगा। वैसे गुरु जी आपने चंद्रताल पर ऐसा क्यों कहा कि पिछले जन्मों के किन्हीं कारणों के कारण मैं चंद्रताल आया?

गुरु जी कहते है "इस जगत में सब कुछ मात्र संयोग नहीं होता। तुमने कभी स्वप्न में भी नहीं सोचा होगा कि एक दिन इस तरह तुम्हारी जान बच सकती है। और वैसे भी जिस तरह कि तुम्हारी जीवन शैली है उसे देख कर तो कही से नहीं लगता कि देवी तुम पर कृपा बरसाएगी अवश्य ही पिछले ही किसी जन्म के कर्मों का फल है। मेरा मानना है कि तुम्हें पंचभूत स्थलों की यात्रा करनी चाहिए। यह तुम्हारे व्यक्तित्व में सकारात्मक बदलाव लाएगा"।

पंचभूत

कुछ समय बाद राजेश्वर पंचभूत स्थलों की यात्रा करते हुए अपने घर को प्रस्थान कि आज्ञा मांगता है।

गुरु जी कहते हैं "अवश्य जाओ और चंद्रताल का रहस्य अपने हृदय में हमेशा के लिए दबा दो, मेरा आशीर्वाद हमेशा तुम्हारे पास है"।

राजेश्वर सबसे पहले सबसे नजदीकी मंदिर जो कि जंबुकेश्वर था वहां जाता है। यह मंदिर तिरुचिरापल्ली शहर में है जिसे रोजमर्रा में त्रिचि या तिरुची भी कहा जाता है। यहां पर बहुत सारे मंदिर है। इस शहर में से कावेरी नदी होकर निकलती है। कावेरी नदी के यहां पर दो हिस्से हो जाते हैं जो कावेरी डेल्टा बनाते हैं जो इसे एक द्वीप का रूप देते हैं जिसका नाम श्रीरंगम द्वीप है। इस द्वीप पर श्रीरंगनाथन स्वामी मंदिर है और यहीं पर स्थित है जंबुकेश्वर मंदिर। इस मंदिर के दो इष्ट हैं, पहले शिव जिनकी श्री जंबुकेश्वर रूप में आराधना होती है और दूसरी देवी पार्वती जिनकी अखिलनांदेश्वरी रूप में आराधना होती है। इस मंदिर में शिव और पार्वती को गुरु और शिष्या के रूप में संबोधन दिया गया है क्योंकि यह मंदिर पंचभूत मंदिरों का हिस्सा है। अतः यहां पर उनकी जल तत्व रूप में पूजा-आराधना होती है।

राजेश्वर इसके बाद दूसरे पंचभूत स्थल अरुणाचालेश्वर पहुंचता है यह थिरुवन्नामलाई शहर में स्थित है। यहां पर अग्नि तत्व रूप में शिवलिंग की पूजा होती है। इसी शहर में अरुणाचल पर्वत स्थित है, इस पर्वत को स्वयं एक शिवलिंग जितना ही पवित्र माना जाता है। यहीं पर राजेश्वर को श्री रमन महर्षि के आश्रम में जाने का मौका मिला।

राजेश्वर को महसूस हो रहा था कि इन सब जगह पर जाने से समय कुछ धीरे चलता हुआ महसूस हो रहा है। वो कुछ भी तो अलग नहीं कर रहा बस गुरु जी के कहे अनुसार एक अकेले

यात्रियों कि तरह घूम रहा है लेकिन उसे याद आया अपने पर किया गया हमला और इन स्थलों की यात्रा को जल्दी पूरी करने का संकल्प।

अपनी इन्हीं यात्राओं कि कड़ी में वह कालहस्ती जहां वायुतत्व रूप में शिवलिंग की आराधना होती है, के दर्शन के बाद कांचीपुरम पहुंचता है। कांचीपुरम पलार नदी के किनारे स्थित एक शहर है। यहां पर हजारों कि संख्या में मंदिर है। मोक्षदायिनी सप्तपुरियों अयोध्या, मथुरा, द्वारका, हरिद्वार, काशी और उज्जैन में कांचीपुरम की भी गणना है। यहां पर स्थित है एकांबरेश्वर मंदिर जहां पर पृथ्वी तत्व रूप में शिवलिंग कि आराधना होती है। यहां के बाद राजेश्वर अपने अंतिम गंतव्य चिदंबरम शहर पहुंचता है जहां पर स्थित है श्री नटराज मंदिर। यहां पर शिव कि जगह भगवान शिव की नटराज प्रतिमा की पूजा की जाती है। पांचों तत्वों में से यहां आकाश तत्व कि आराधना होती है।

अपनी इन सब यात्राओं को खत्म कर राजेश्वर अपने गंतव्य पांडुचेरी की तरफ प्रस्थान कर देता है।

अंततः अपने घर पांडुचेरी में राजेश्वर अपने घर पहुंचता है, वो जैसे ही घर के आगे पहुंचता है उसके आदमी उसे देखकर भागे-भागे उसके पास आ जाते हैं। उन सब में से एक बोलता है "राजेश्वर साहब आप कहां थे इतने दिन? हमने आपको मदुरै, रामेश्वर और कई ठिकानों पर देखा लेकिन आपकी कोई खबर

नहीं मिली। सेलवारामा से भी मालूम किया और उसने बताया कि उसने आपको आखिरी बार मदुरै में सही सलामत देखा। आपकी ट्रेन में भी आपको किसी ने नहीं देखा"।

"अंदर चलो और मेरे लिए एक सिगार लाओ" राजेश्वर आदेश भरे स्वर में कहता है।

सिगार का एक गहरा कश अंदर लेता हुआ राजेश्वर धुआं छोड़ते हुए बोलता है "मुझ पर हमला हुआ था और मैं घायल था"

"लेकिन आप हमें फोन भी तो कर सकते थे" एक सेवक बोला ।

"मैं जहां था वहां फोन इत्यादि जैसी कोई सुविधा नहीं थी" राजेश्वर बोला

"लेकिन इतने दिन आप थे कहां? और हमने आपसे कई बार कहा है कि अपने साथ अंगरक्षक रखा कीजिए" एक सेवक बोला।

"मैंने कहा था ये बात कोई मायने नहीं रखता। मायने ये रखता है कि कुछ छीनाझपटी करने वालों ने मुझ पर चाकुओं से वार किया जो कि मुझे विश्वास है कि जरूर कोई भाड़े पर भेजे गए हत्यारे थे। मुझे अकेले कार्य करने में ज्यादा संतुष्टि होती है और वैसे भी मैं अपने आदमी से ही तो मिलने गया था, मुझे लगता है मुझे वहां अंगरक्षकों कि जरूरत नहीं थी लेकिन शायद आगे से इस नियम में बदलाव की जरूरत है। मदुरै रेलवे स्टेशन पर हुई घटना को मालूम करो" राजेश्वर कहता है।

राजेश्वर याद करता है कि तंजानिया से एक हथियारों से भरा जहाज श्रीलंका गया है जिसके बारे में सेलवारामा ने राजेश्वर से छुपाया था। राजेश्वर अचानक से सेलवारामा के मदुरै वाले दफ्तर में पहुच जाता है। राजेश्वर को देखकर सेलवारामा चौंक जाता है और हकपकाते हुए कहता है "अरे राजेश्वर साहब आप अचानक से, कैसे आना हुआ?"

"कुछ काम अचानक ही होते हैं सेलवारामा, मैंने सुना है तुमने मालिक बदल लिया है" राजेश्वर कहता है।

सेलवारामा तुरंत कहता है "हमारे अन्नदाता तो आप ही है राजेश्वर साहब, मैं समझा नहीं आपकी बात का क्या तात्पर्य है?"

राजेश्वर कहता है "मुझे सुनने में आया है कि श्रीलंका के ग्राहक की शारजाह में तालिबान के अधिकारियों और एक रशियन आदमी से कोई मंत्रणा हुई थी इसके बाद तंजानिया से हथियारों से भरा हुआ एक जहाज श्रीलंका के लिए रवाना हुआ था जिसे तुमने उसके गंतव्य पर भेजने में मदद की। अब मेरी परेशानी यह है कि तुम्हें तुम्हारा पैसा मिल गया लेकिन मेरा हिस्सा मुझे क्यों नहीं मिला ?"

सेलवारामा कहता है "राजेश्वर साहब आप नहीं जानते लेकिन ये लोग एक मुहीम से जुड़े हैं और अपने खर्चे कम से कम रखना चाहते हैं"।

राजेश्वर कहता है "मुझे इससे कोई फर्क नहीं पड़ता, मुझे बस इतना मालूम है कि हिन्द महासागर से यदि किसी भी चीज

की तस्करी होती है तो मुझे उसमें से हिस्सा चाहिए"।

सेलवारामा कहता है "राजेश्वर साहब आप समझ नहीं रहे कि ये लोग कितने खतरनाक है आज इनके पास इतनी शक्ति है कि कभी भी श्रीलंका के राष्ट्रपति को उसके पद से हटा सकते हैं। हम इन्हें अपने नियमों के आगे नहीं झुका सकते अपितु हमे अपने नियम इनके हिसाब से बदलने होंगे"

"अच्छी बात है चलो अपने नियमों में बदलाव करते हैं, तुम आज से ही श्रीलंका के ग्राहकों से पैसा लेना छोड़ दो लेकिन मेरा हिस्सा मुझे मिलना चाहिए" राजेश्वर कहता है।

सेलवारामा कहता है "लेकिन राजेश्वर साहब अगर हथियारों कि तस्करी में से मैंने कुछ हिस्सा नहीं लिया तो सिर्फ हल्दी और मसालों कि तस्करी ही रह जाती है, उस कमाई से मेरा क्या होगा? वैसे भी सारी मेहनत तो मैं ही कर रहा हूं"।

राजेश्वर कि आंखे गुस्से में लाल हो गई और वो बोलता है "लगता है तुम अपने पुराने दिन भूल गए हो जब तुम रामेश्वरम में सिर्फ एक मछुआरे मात्र थे। आज तुम जो भी हो मेरे बलबूते हो। मैं चाहूं तो आज दस सेलवारामा खड़े कर सकता हूं। शायद तुम्हें तुम्हारे पुराने दिन वापिस चाहिए"।

सेलवारामा घबराते हुए कहता है "नहीं नहीं राजेश्वर साहब आप तो बुरा मान गए, मेरा वो मतलब नहीं था जो आप समझ रहे है। आप मुझ पर विश्वास रखिए मैं श्रीलंका वाले ग्राहक से बात करूंगा और ये निश्चित करूंगा कि वो मेरा और आपका

हिस्सा सही समय से भिजवा दे और बात रही इस जहाज कि जो अभी श्रीलंका पहुंचा है इसका हिस्सा आपके पांडुचेरी पहुंचने से पहले आपके पास पहुँच जाएगा"।

"अच्छा है, मैं अब निकलता हूँ सुबह मेरी ट्रेन है" यह कहकर राजेश्वर वहां से निकल जाता है।

प्रतिशोध

राजेश्वर अपनी यादों कि झड़ी से बाहर आ जाता है और कुछ दिन बाद उसका एक सेवक उसके पास आकर बताता है कि मदुरै में उस पर हुए हमले में सेलवारामा का ही हाथ था। उसका सेवक उसे बताता है कि "सेलवारामा ने ही आपको मरवाने के लिए किराये के हत्यारे भेजे थे और सेलवारामा भी श्रीलंका के ग्राहकों से ज्यादा पैसे नहीं ले रहा है शायद वो भी उस मुहिम का हिस्सा बन गया है, आप कहे तो सेलवारामा को

उसकी गलती कि सजा दे दी जाए"।

राजेश्वर ख्याल करता है कि यही सेलवारामा त्रिरूवनन्तपुरम में राजेश्वर को जाने के लिए मना कर रहा था और राजेश्वर फिर भी वहां गया और जब वहां राजेश्वर की जान पर आ पड़ी तब सेलवारामा ने अपनी पसलियों पर गोली खाई परंतु राजेश्वर की जिंदगी पर कोई आंच न आने दी। जिस व्यक्ति से इतने गहरे संबंध हो क्या वो उसके साथ ऐसे कर सकता है? शायद हां जब कोई व्यक्ति किसी जाति-समूह को अपने ज्यादा करीब मानता तो शायद जीवन में साथ रहे अपने मित्र भी उसकी आंखों में कुछ नहीं रहते। इस सवाल का जवाब बहुत मुश्किल है लेकिन राजेश्वर एक घड़ी सांस लेते हुए बोलता है कि, "नहीं सेलवारामा एक पुराना मित्र है और उसे जो भी होगा मेरी आंखों के सामने होगा"

कुछ समय बाद राजेश्वर और उसके आदमी सेलवारामा के मदुरै स्थित दफ्तर पहुंचते है जहां उन्हे पता चलता है कि वो अपने रामेश्वरम स्थित ठिकाने पर है। वो सभी रामेश्वरम के पश्चिमी तट पर स्थित उसके ठिकाने पर पहुंचते है और अपने हथियारों के बल पर सबको बंधक बना लेते हैं। सेलवारामा कुछ बोलने ही वाला होता है कि तभी राजेश्वर फ्रीडम आर्म्स मॉडल83 रिवाल्वर को सेलवारामा की दोनों आंखों के बीच में लगा कर दाग देता है। वह एक कागज पर लिखता है कि ये समंदर सिर्फ और सिर्फ राजेश्वर का है और यह कहकर अपने सेवकों को

निर्देश देता है कि सेलवारामा के शव के साथ ये कागज भी श्रीलंका के ग्राहक को पहुंचा दिया जाए।

रामेश्वर के उस ठिकाने पर राजेश्वर को कुछ लकड़ियों की पेटियां दिखाई दी जिन्हे खोलने पर कुछ अलग तरह कि धातु के बने हुए ताबूतनुमा बक्से दिखे जिनके ऊपर मून स्टारलैब्स दिखा। राजेश्वर सोचता है कि यदि यह कोई वैज्ञानिक उपकरण है तो इसे तस्करी करके भारत में क्यों लाया जा रहा है? लेकिन वो इन बक्सों से उस समय किसी भी चीजों का तार न जोड़ सका।

राजेश्वर

राजेश्वर एक सम्पन्न व्यवसायी परिवार से संबंध रखता था। उसके पिता के उत्तर भारत में बहुत से छोटे छोटे कारोबार थे। उसके पिता एक कृषक के दो बच्चों में से एक थे। एक वो खुद और एक उनकी बड़ी बहन जिसकी शादी खुद एक कृषक से हुई थी। राजेश्वर के पिता ने पारिवारिक परंपरा से अलग व्यापार में अपना ध्यान दिया। समय के साथ-साथ वो व्यापार में तरक्की करते गए और दिल्ली में अपना ठिकाना बना

लिया। राजेश्वर छोटा ही था जब उन्होंने अपनी बहन के बेटे दलबीर को व्यापार में साथ लगा लिया। दलबीर अपनी कूटनीतिक सोच के कारण उनके व्यापार और हृदय में एक अलग जगह बनाने लगा। दलबीर की राजेश्वर के पिता के मन में जगह बनाने कि वजह शायद ये भी थी राजेश्वर को बचपन में ही अच्छी शिक्षा के लिए परिवार से दूर देहरादून में बोर्डिंग स्कूल में भेज दिया गया। राजेश्वर साल में कभी कभार अपने परिवार से मिलने आता था जिसमें भी उसके पिता के व्यवसाय में व्यस्त होने के कारण वो उसे ज्यादा ज्यादा समय नहीं दे पाते थे। उधर राजेश्वर देहरादून में अपनी शिक्षा ग्रहण करने में व्यस्त था इधर दलबीर जो कि एक मध्यम किसानी परिवार से संबंध रखने वाला था धीरे धीरे व्यापार के लेन देन का प्रतिनिधि बन गया। दलबीर शराब का आदि भी हो गया था। हालांकि राजेश्वर के पिता को उसका शराब पीना पसंद नहीं था और उसकी इस आदत के बारे में कई बार उसने अपनी बहन को बताया लेकिन बहन अपने छोटे भाई से उल्टा ये कह कर टोक देती थी कि वह उसके बेटे पर कोई लांछन न लगाए। इधर दलबीर के पैसों में हेराफेरी कि बातें भी कंपनी के कार्यालय में आम हो गई थी। राजेश्वर की माँ ने भी इस बारे में राजेश्वर के पिता को चेताया लेकिन अपने भतीजे के प्रति उनके अंदर शायद प्रेम इतनी जगह बन चुका था कि ये सब बाते उन्हें छोटी प्रतीत होती थी। दलबीर की हरकतों में कुछ लगाम लगाने के उद्देश्य से उसकी

शादी कर दी गई। कुछ ही सालों में राजेश्वर अपने स्कूल की पढ़ाई पूरी करके उच्च शिक्षा के लिए दिल्ली आ जाता है। इधर दलबीर भी एक बेटे का पिता बन चुका था। राजेश्वर के पिता ने राजेश्वर को शिक्षा यहीं पर रोक देने का आग्रह किया। उनका मत था कि विद्या ग्रहण करने के बाद वैसे भी कारोबार ही संभालना है तो क्यों ही समय और धन दोनों बर्बाद किया जाए लेकिन राजेश्वर उनकी इस बात से सहमत नहीं था उसने जिद की, कि उसे अभी से व्यापार में नहीं घुसना और प्रस्ताव दिया कि खाली समय में कंपनी कार्यालय में अपनी सेवा दिया करेगा। राजेश्वर का प्रवेश दिल्ली विश्वविद्यालय में हो गया और उसने फीस के लिए अपनी पिता से संपर्क किया जिस पर पिता ने कहा सारे पैसे का लेन देन दलबीर के हाथ में रहता है वो उस से मांग ले। दलबीर जिसे कि राजेश्वर अपना सिर्फ एक नौकर ही समझता था उससे उसे पैसे मांगने में बहुत झिझक हुई। दलबीर ने पैसे न देकर बल्कि खुद ही फीस विश्वविद्यालय में जमा करने की बात कह दी। उसी प्रकार एक दिन राजेश्वर को एक मोटरबाइक खरीदने का मन किया तो दलबीर ने उसे उसकी पसंद की नहीं बल्कि अपने खुद कि पसंद कि एक सस्ती मोटरबाइक दिलवा दी। ऐसी विभिन्न छोटी-छोटी बातों से दलबीर और राजेश्वर के बीच में दरार पैदा होनी शुरू हो गई। राजेश्वर अपना अधिकतम समय अपनी शिक्षा में देता था और बचा हुआ समय कार्यालय में बिताता था। इस प्रकार धीरे-धीरे

उसे भी दलबीर के द्वारा कंपनी में किये जाने वाले धांधली का पता चलने लगा। इस बारे में उसने अपने पिता को बताया तो उन्होंने जवाब दिया, "अगर दलबीर ऐसा कर भी रहा है तो उसमे परेशानी ही क्या है, हो सकता था कि इस पैसे का गबन इस समय कोई और कर रहा होता तो ही हम क्या कर सकते थे, हमे काम निकलवाने से मतलब है और वैसे भी अगर दलबीर पैसों का गबन कर ही रहा है तो आखिरकार पैसा घर में ही तो है।"

शायद राजेश्वर अभी बस मात्र 18 वर्ष का ही था कि दुनिया के इन बिन कहे दस्तूरों का न समझ सका लेकिन अपने पिता कि उस बात उस पर ऐसा असर पड़ा कि उसका मन धीरे-धीरे व्यापार से हटकर सिर्फ और सिर्फ किताबों में लग गया। उसमे एक मौन सा स्थापित हो गया। घर या फिर विद्यालय कहीं भी किसी से बात न करना और सिर्फ किताबों में ही घुसे रहना। उसे दलबीर से भी कोई ऐसा खास क्रोध नहीं था लेकिन उसने अपने पिता के प्रति उदासीनता स्थापित कर ली।

राजेश्वर की सोच थी कि जब आदमी ने गरीबी देखी हो तो स्वाभाविक है कि वो अपनी स्थिति सुधारना चाहता है ठीक ऐसे ही जैसे यदि किसी का पैर कीचड़ में फंसा हो तो वो अपनी शक्ति से भी बाहर निकल सकता है या किसी पेड़ कि डाली को पकड़ कर भी अपने को बाहर खींच लेता है और कभी-कभी कोई राहगीर भी हाथ दे देता है। उसकी नजर में पेड़ की डाली बेईमानी और झूठ थी और राहगीर का हाथ किसी बाह्य व्यक्ति

द्वारा उस गरीब कि की गई मदद थी। वो इसे बस प्रकृति का नियम मानता था। और ये भी मानता था कि इस संसार के हर एक जीव को अपनी स्थिति सुधारने का एक समान अधिकार है। लेकिन धीरे-धीरे उसे दलबीर के गलत चरित्र कि खबरें सुनने को मिलने लगी। वो ये सोच कर हैरान था कि दलबीर की शादी को अभी दो साल भी नहीं हुए थे और वो वैश्यावृत्ति का सोच भी कैसे सकता है। एक दिन दलबीर और राजेश्वर एक मोटर साइकिल पर ही साथ जा रहे थे तो दलबीर ने राजेश्वर से पूछा, "कि वो रोड के किनारे पर्स टंगे हुए लड़की दिख रही है? पता है वो कौन है?" राजेश्वर ने एक स्वाभाविक से स्वर में उत्तर दिया कि, "मुझे नहीं पता कि कौन है वो।" इस बार दलबीर कहता है कि वो लड़की एक वेश्या है। राजेश्वर ने पूछा कि तुम्हें कैसे पता? इस पर दलबीर ने जवाब दिया कि वो किसी भी लड़की की बस शक्ल देखकर बता सकता है कि वो एक वेश्या है या नहीं। ये बात सुन कर राजेश्वर दलबीर के प्रति एक घृणा से भर गया। उसने एक शब्द भी न बोला और दलबीर से दूरी बनानी शुरू कर दी। राजेश्वर ने देहात कि एक बात को हमेशा से गांठ बांध रखा था कि "बात का सच्चा और लंगोट का पक्का व्यक्ति जीवन में कभी हार नहीं मान सकता"।

एक बार कॉलेज खत्म होने के बाद वो अपनी मोटर साइकिल लेकर निकल ही रहा था कि उसकी कक्षा कि एक छात्र ने पास के एक बस स्टॉप तक छोड़ने के लिए उससे मदद

मांगी। वह उस लड़की को वहां छोड़कर कार्यालय गया और वहां से शाम को घर पहुंचा और अपनी माँ को उदास बैठे देखा। राजेश्वर द्वारा माँ कि उदासी का कारण पूंछने पर उन्होंने बताया कि आज तेरे पिताजी बहुत ही नाराज थे। उनका कहना है कि दलबीर ने एक लड़की को तुम्हारे साथ मोटर साइकिल पर देखा और पीछा करने पर दोनों को एक होटल के अंदर जाते देखा। इतना सुनते ही जैसे नवयुवक राजेश्वर कि आंखो मे रक्त झलकने लगा। उसने एक लोहे का सरिया उठाया और घर की एक एक चीज को तोड़ देना शुरू कर दिया। सारा शोर सुनकर राजेश्वर के पिता और घर के सारे नौकर भी दौड़ते हुए आ गए लेकिन राजेश्वर कि आंखों के क्रोध को देख कर किसी की भी इतनी जुर्रत न हुई कि कोई भी उसे रोक सके। थोड़ी देर बाद वो सीधा दलबीर के घर पहुंचा। उसने उसके घर कि घंटी बजाई। दरवाजा खुला और सामने शराब के नशे में धुत दलबीर खड़ा था। राजेश्वर ने दलबीर को गर्दन से ही पकड़ कर दीवार कि तरफ धक्का देकर पकड़े हुए बस गुस्से में उसे घूरता ही रहा लेकिन दलबीर की आंखों में कोई शिकन न थी। उसने जोर से ठहाका लगाया और कहा, "बधाई हो राजेश्वर साहब आप बदनाम हो गए" और फिर से हंसने लगा। राजेश्वर ने उससे ऐसी ओछी हरकत करने का कारण पूछा तो दलबीर ने जवाब दिया, "राजेश्वर साहब गलती है सारी आप कि, आपकी मौजूदगी की। आप यहां मौजूद ही क्यों हो? मतलब मेरे और मेरे मामा कि कहानी में कहां से आ

गए? व्यापार में सारी मेहनत मैंने और मेरे मामा ने की और एक दिन तुम कहीं से या जाते हो वारिस बनकर। एक बात याद रख राजेश्वर कि इस ज़ायदाद पर अगर किसी का हक है तो वो मैं और सिर्फ मैं हूं। और ये पक्का करने के लिए मैं किसी भी हद तक जा सकता हूं। याद रखना कहीं तक भी"।

राजेश्वर दलबीर को छोड़ सीधा घर आ गया और अगले दिन उसने अपनी माँ को सारी बात बता दी और कुछ दिन बाद दलबीर ने वहां से नौकरी छोड़ दी । दलबीर ने नया व्यापार कर लिया और जैसा कि राजेश्वर को पता चला दलबीर को व्यापार करने के लिए आर्थिक मदद राजेश्वर के पिता ने ही करी थी। राजेश्वर को इस बात से कुछ ज्यादा फर्क नहीं पड़ता था क्योंकि अब राजेश्वर कि भूमिका कार्यालय में बढ़ चुकी थी। समय के साथ राजेश्वर ने व्यापार में अपनी बुद्धिमत्ता का परीक्षण दिया और अपने आप को दलबीर से कई गुना ज्यादा साबित करके दिखाया। कुछ वर्षों में राजेश्वर कि शादी हो गई और उसकी पत्नी ने एक पुत्र को जन्म दिया। समय के साथ दिखता जा रहा था कि पुत्र बहुत ही रूपवान और बुद्धिमान है। राजेश्वर के पिता ने काम के अलावा अपने पोते के साथ ज्यादा समय बिताना शुरू कर दिया। समय के साथ दलबीर से भी उनके संबंध ठीक होने शुरू हो गए और दोनों परिवारों में मेल जोल शुरू हो गया।

दैत्य

एक बार दलबीर और राजेश्वर शाम को एक साथ समय बिताने की बात तय हुई। जैसा कि तय था शराब कि बोतल खुली और दोनों ने बातों के दौरान दो दो ग्लास शराब पी। दलबीर ने और अधिक शराब पीने के लिये कहा तो राजेश्वर ने मना कर दिया। लेकिन ज्यादा जबरदस्ती करने पर राजेश्वर ने सिर्फ एक और ग्लास पीने की हां कर दी। दलबीर पास की ही टेबल से दो ग्लास और शराब डालकर कर ले आया। दोनों ने ही ग्लास खाली कर दिए।

थोड़ी देर बाद राजेश्वर उठता है और अपनी कार में घर जाने के लिए प्रस्थान कर देता है। परंतु अचानक ही थोड़ी ही देर में उसकी आंखों के आगे अंधेरे कि कुछ झलकियां सी आनी शुरू हो जाती है। राजेश्वर ने सोचा कि ऐसा तो कभी उसके साथ नहीं हुआ। उसके सिर और छाती में भी थोड़ा थोड़ा दर्द भी अनुभव होना शुरू हो गया। उसकी आंखे ये सोच कर फट जाती है कि कहीं उसे विष तो नहीं दिया गया। वो तुरंत कार रोकता है और अपने हाथ कि उंगलिया मुंह में घुसाकर ज़ीभ पर जोर जोर से उलटी करने की इच्छा से घर्षण शुरू कर देता है। कुछ उल्टियां करने के बाद वो अपनी गाड़ी ऐसी बदहोश सी अवस्था में ही अस्पताल की तरफ दौड़ा देता है। वहां पहुंच कर वो एक अस्पताल के कर्मचारी को बताता है कि शायद उसे विष दिया गया है और ये कहकर वो बेहोश हो जाता है। जब उसकी आंखे खुलती है तो सामने डॉक्टर और पिताजी को खड़ा देखता है। डॉक्टर बोलता है कि अब वो ठीक है और कुछ दिनों के आराम से जल्द ही स्वस्थ हो जाएगा । राजेश्वर अपने पिता को बताता है कि उसे शक है कि दलबीर ने उसे जहर देने कि कोशिश की है। उसके पिता ने उसे बताया ऐसा कैसे हो सकता है क्योंकि दलबीर एक हफ्ते से अपने गांव में है और ये बात उसने खुद उन्हे बताई थी। राजेश्वर गुस्से से कहता है कि कल शाम जब उसने दलबीर के साथ शराब का सेवन किया उसके बाद से ही उसकी तबीयत खराब होनी शुरू हो गई। उसके पिता ने कहा

कि अभी तुम्हारे होश ठिकाने पर नहीं है, ऐसा भी मुमकिन नहीं है क्योंकि तुम पिछले तीन दिन से इस अस्पताल में भर्ती हो। मेरी समझ में तुम्हें आराम करना चाहिए वैसे भी हमारे पास और भी बड़े विषय है सुलझाने के लिए। राजेश्वर ने कहा इससे बड़ा विषय अभी परिवार में क्या हो सकता है? तो उसके पिता ने जवाब दिया कि कल दोपहर से तुम्हारा बेटा लापता है और हम उसकी खोज में लगे हुए हैं। ये सुनकर राजेश्वर चुपचाप अपनी आंखे बंद कर लेता है। अस्पताल से छुट्टी मिलने के बाद राजेश्वर घर आता है और अपने पिता से पूछता है कि क्या पुलिस से कुछ सुराग मिला? जिस पर उसके पिता सिर झुका कर हिला देते है। अगली सुबह पुलिस स्टेशन में उन्हें बुलाया जाता है और दरोगा द्वारा उन्हें सूचित किया जाता है कि यमुना नदी के पास एक छोटे बच्चे का शव मिला है और वो आकर उसकी पहचान कर ले कहीं वो उनका बच्चा तो नहीं। ये सुनकर राजेश्वर के पिता घबरा जाते है और कहते है मेरे अंदर इतनी हिम्मत नहीं कि मैं ये काम कर पाऊं। राजेश्वर कहता है मैं चलूंगा और वो पुलिस कि एक टीम के साथ मौके पर पहुंचता हैं। वहां पहुंचते ही वो जगह राजेश्वर के कंठ से निकली रौद्र ध्वनिओं से भर जाता है। पुलिस के लिए शव कि पहचान करने के लिए इतना काफी था। शव को पोस्टमार्टम के बाद राजेश्वर को सौंप दिया जाता है। राजेश्वर शव को घर के आंगन में रखकर एक कोने में बैठ जाता है और पूरा घर चीख चिल्लाहट और रुदन से गूंज जाता है लेकिन अब

राजेश्वर कि आंखों में आंसू नहीं थे। दोषी का कभी भी पता नहीं चल सका।

दो साल बाद राजेश्वर के पिता का देहांत हो गया। एक रात दलवीर के घर का दरवाजा किसी ने खटखटाया। दलवीर ने दरवाजा खोला और सामने एक व्यक्ति ने पिस्टल उसके माथे पर तान दी और अंदर घुस गया। उस व्यक्ति ने एक सीटी बजाई और पल भर में ही करीब पंद्रह से सोलह व्यक्ति उस घर में घुस गए। दलबीर को एक कुर्सी पर बैठा कर बांध दिया गया और उसके मुंह में एक कपड़ा भर कर पट्टी भर दी गई और उसके सामने ही उसकी बीवी और दोनों बेटों को गोली मार दी गई। उस घर को बाहर से ताला लगा कर उस समूह के लोगों में से कुछ लोग दलबीर को लेकर गाड़ी में चल पड़े। गाड़ी राष्ट्रीय राजमार्ग से होते हुए किसी शहर को पार करके एक गांव के समीप रुक जाती है। दलबीर पहचानता है कि ये तो उसका ही गांव है। उन व्यक्तियों ने जमीन पर लकड़ी के खूटे गाड़कर उसे लिटाया और बांध दिया। करीब आधे घंटे बाद एक गाड़ी वहां आकर रुकी। उस गाड़ी में से राजेश्वर बाहर निकलता है जिसे देख दलबीर की आंखे फटी रह जाती है और वो रोने लगता है।

राजेश्वर बोलता है, "बधाई हो दलबीर साहब आप बर्बाद हो गए। अरे! रो क्यों रहे हो? ऐसा लगता है आपने यमराज को देख लिया। चिंतामत करो यमराज तुमसे अभी बहुत दूर है। लेकिन आप चिंतामत करो आपके और यमराज के बीच कि दूरी मैं कम

कर देता हूं। आखिरकार मैं आपका छोटा भाई हूं इतना तो आपके लिए कर ही सकता हूं। सगा भाई नहीं हुआ तो क्या हुआ, आपके मेरे पर इतने एहसान है उन सभी एहसानों को ब्याज समेत वापिस करने कि रात है आज"।

राजेश्वर के इशारे पर एक व्यक्ति तलवार जैसा दिखने वाला एक बड़ासा हथियार राजेश्वर के हाथ में दे देता है। राजेश्वर ने तलवार के एक ही वार से दलबीर की एक टांग काट कर अलग कर दी। टांग से एक दम ही बहुत त्वर वेग से रक्त स्त्राव होने लगा।

राजेश्वर कहता है, "जरा कोई इसके पैर पर कुछ कपड़ा बांधो, मैं नहीं चाहता कि ये इतनी जल्दी मर जाए"।

उसके पैर पर पट्टी बांधी गई और तुरंत ही बिजली सी तेज रफ्तार से तलवार का दूसरा वार दूसरी टांग पर कर दिया गया। उसके दूसरे पैर पर भी पट्टी बांध दी गई और उसके हाथ खोल दिए गए। उसे उठा कर वापिस कार में डाल दिया गया और वो लोग उसे लेकर गांव कि तरफ चलने लगे। एक गली के बाहर दोनों गाड़ियां रुकती है और वहां से उस गली के अंदर दलबीर को साथ लेकर वो लोग पैदल चलने लगते है और एक घर के आगे जाकर रुक जाते हैं। वो घर दलबीर के माता पिता का था। उसे मकान कि एक दीवार से सटा कर गली में बैठा दिया जाता है और उसके दोनों हाथ मकान कि दीवारों से लगाकर उनमें हथौड़ों की चोट से दो बड़ी कील ठोक दी जाती है। वो सभी

बहुत देर तक इस इंतजार में बाहर खड़े रहे कि कहीं कोई गांव वाला नींद से उठ कर बाहर तो नहीं आया लेकिन आवारा कुत्तों के अलावा कोई भी गली में नहीं आया।

राजेश्वर ने आदेश भरे स्वर में कहा "इसके पैरों में बंधी पट्टिया खोल दो ये कुत्ते कुछ भूखे नजर आ रहे हैं। उसके दोनों पैरो कि पट्टिया खोल कर सब वहां से रवाना हो गए।

शिला

ओबेरॉय राजेश्वर के घर से प्रस्थान कर देता है। कुछ समय बाद राजेश्वर भी अपनी सफेद बेंटले कार से प्रस्थान कर देता है। करीब आधे घंटे बाद उसकी कार पुड्चेरी के एक पांच सितारा होटल के आगे रुकती है। एक युवक होटल की लॉबी में राजेश्वर का इंतज़ार कर रहा था। वह युवक राजेश्वर के आगे सम्मान देने कि मुद्रा में थोड़ा सा झुकते हुए उसे आगे का रास्ता दिखाता है। राजेश्वर और उसके दो अंगरक्षक उस युवक के

पीछे चल देते है। वे सभी तीसरे माले पर पहुंच कर कमरा नंबर 'तीन सौ दो' के आगे रुक जाते हैं। राजेश्वर दरवाजा खटखटाता है और एक अधेड़ सी उम्र का व्यक्ति दरवाजा खोलता है। वह सामने खड़े राजेश्वर का हाथ मिलाकर उसका अभिनंदन करता है और अपने कमरे में उसका स्वागत करता है। दरवाजा बंद कर दिया जाता है और राजेश्वर के अंगरक्षकों के साथ उस युवक को कमरे के बाहर छोड़ दिया जाता है। कमरे के अंदर जिस व्यक्ति ने राजेश्वर का स्वागत है उसका नाम है डॉक्टर भण्डारी और वो दिल्ली विश्वविद्यालय में डिपार्टमेंट ऑफ फिज़िक्स एण्ड ऐस्ट्रोफिज़िक्स में अध्यापक है।

डॉ भण्डारी राजेश्वर से अपनी खुशी जताते हुए कहते हैं "राजेश्वर जी दिल्ली में आपसे मिलने के ठीक तीन महीने बाद आज आपसे मुलाकात हो रही है, आईए बैठिए"।

राजेश्वर कमरे में रखे काउच पर बैठ जाता है और डॉ भण्डारी भी उस काउच के सामने रखी कुर्सी पर बैठ जाता है।

राजेश्वर पूछता है "भण्डारी जी बताईए आपका अध्यापन कैसा चल रहा है?"

डॉ भण्डारी कहते हैं "मेरा अध्यापन ठीक चल रहा है, अब बुढ़ापा महसूस हो रहा है सोचता हूं पूरी तरह से सेवानिवृत्त होकर अपने जीवन के अंतिम दिन किसी पहाड़ी जगह पर बिताऊं"

"अरे भण्डारी जी आपके ज्ञान और अनुभव की तो अभी

मानवता को बहुत जरूरत है" राजेश्वर बोलता है।

डॉ भण्डारी मुस्कुराते हुए कहते है "चलिए राजेश्वर जी बताईए आपने मुझे इतनी दूर किस काम के लिए बुलाया है?"

राजेश्वर जवाब देता है कि "डॉ साहब एक बात बताईए क्या इस तरह कि कोई धातु या तत्व है जिससे किसी बुरी तरह से घायल आदमी को कुछ ही घंटों में ठीक किया जा सकता है या बूढ़े होने कि प्रक्रिया को विपरीत दिशा में ले जाया जा सकता है?"

डॉ भण्डारी ने संकोच भरे स्वर में कहा "मैं समझा नहीं"।

राजेश्वर कहता है "चलिए मैं आपको आपकी ही शिक्षा के क्षेत्र के एक व्यक्ति के कहे शब्दों से ही आपको समझाने की कोशिश करता हूं। आप डॉ होमी भाभा से अवश्य ही परिचित होंगे?"

डॉ भण्डारी जवाब देते हुए कहते है "बिल्कुल जानता हूं, वो मेरे आदर्श हैं। अगर सत्य बोलूं तो उन्ही से प्रेरित होकर मैंने परमाणु ऊर्जा के क्षेत्र में रुचि ली थी"।

राजेश्वर कहता है "उन्होंने परमाणु ऊर्जा के बारे में एक बार कहा था कि 'परमाणु ऊर्जा सिर्फ एक यंत्र है और कोई भी यंत्र सही और गलत नहीं होता, लेकिन उस यंत्र को प्रयोग करने वाला व्यक्ति सही या गलत हो सकता है। श्री होमी भाभा एक दूरदर्शी थे और मेरा मानना है उनका ये वक्तव्य सिर्फ परमाणु बम या परमाणु ऊर्जा से विद्त उत्पन्न करने तक सीमित नहीं

था। इस जगत में अगर किसी चीज का अगर कोई गलत प्रयोग किया जा सकता है तो सही चीजों में भी किया जा सकता है जैसे कि कुछ वैज्ञानिक एक सीमित मात्र में सांप के विष से मनुष्यों की बहुत सी बीमारियां ठीक करने में सफल हुए हैं और अब तो रेडिओलॉजी से कैंसर और शरीर के विभिन्न आंतरिक अंगों का उपचार कुछ हद तक संभव होने की चर्चा विज्ञान जगत में होने लगी है। तो क्या आपको लगता है हम परमाणु ऊर्जा से किसी तरह एक बूढ़े व्यक्ति को युवा बना सकते हैं या किसी घायल व्यक्ति के शरीर की फिर संरचना कर सकते है?"

डॉ भण्डारी जवाब देते हैं "पहली बात तो यह है कि जो आप बोल रहे हैं वो असंभव है दूसरी बात परमाणु ऊर्जा कोई उपहास की चीज नहीं है और वैसे भी तलवार का काम सुई और सुई का काम तलवार नहीं कर सकती"

राजेश्वर डॉ भण्डारी की बात काटते हुए कहता है "लेकिन तलवार और सुई दोनों में एक बात समान है कि दोनों ही लोहे से बनी है और मैं किसी वस्तु कि नहीं बल्कि उसके प्रारंभिक तत्व के इस्तेमाल कि बात कर रहा हूं"।

राजेश्वर अपनी बात बोलकर डॉ भण्डारी की आंखों में किसी जवाब की उम्मीद में घूरने लगता है।

डॉ भण्डारी कहते हैं "राजेश्वर जी आप बोलते रहिए, मैं आपको सुन रहा हूं।"

राजेश्वर गंभीर स्वर में डॉ भण्डारी से कहता है "डॉ भण्डारी

अगर मैं आपसे बोलूं कि मैं इस तरह कि घटना का स्वयं साक्षी हूँ तब आप क्या कहेंगे?

डॉ भण्डारी कहते है कि अगर कोई और व्यक्ति इस बात को मेरे सामने कह रहा होता तो मैं शायद उसे मूर्ख मान लेता लेकिन अगर आप इस बात को कह रहे हैं तो मैं अवश्य ही इस बात पर विश्वास करने को मजबूर हूं। कृपया विस्तृत रूप से बताइए।

राजेश्वर बताता है "त्रिची के पास एक झील है जिसे चंद्रताल कहते है इसके बारे में कोई आम व्यक्ति आपको नहीं बता पाएगा क्योंकि ये जगह अभी सर्व समाज कि दृष्टि से गुप्त है। मैंने एक ही रात में वहां पर एक वृद्ध व्यक्ति को अपनी आयु से लगभग दस साल कम होता हुआ देखा है और ठीक उसी रात एक घायल व्यक्ति को मृत्यु शैय्या से उठकर ठीक होते देखा है और आपको पता है मैं इस घटना को इतने विश्वास से कैसे स्थापित कर रहा हूँ?"

डॉ भण्डारी पूंछते है "कैसे?"

राजेश्वर बोलता है "मैं इस घटना को इतने विश्वास से इसी कारण स्थापित कर सकता हूँ क्योंकि वो व्यक्ति जो अपनी मृत्यु शैय्या से उठ कर स्वस्थ हो गया वो कोई और नहीं मैं खुद था"

यह सुन कर डॉ भण्डारी की आंखे खुली रह जाती है और राजेश्वर उस रात हुई पूरी घटना को डॉ भण्डारी को बता देता है।

डा भण्डारी पूछते हैं कि राजेश्वर को ये कैसे यकीन है कि वो

शिला परमाणु ऊर्जा से रेडियो ऐक्टिव है।

इस पर राजेश्वर कहता है "मैंने पहले भी एक समूह को उस जगह कि पड़ताल के लिए भेजा था लेकिन वो लोग मात्र कुछ समय में ही उस गुफा से भाग कर बाहर आ गए। उन्हे गुफा में पहुंचते ही एक तरह कि बेचैनी होने लग गई और बाहर आकर विभिन्न तरह कि बीमारियों के लक्षण दिखने लग गए। कुछ ही दिनों में उन सब व्यक्तियों की मृत्यु हो गई लेकिन उनके शरीर में जो भी विकार उत्पन्न हो रहे थे वो बिल्कुल वैसे ही थे जैसे कि व्यक्ति के अचानक परमाणु रेडियोऐक्टिव पदार्थ के संपर्क में आने से होते है"।

डॉ भण्डारी कहते है कि अगर किसी प्रकार से अगर हमें उस शिला का एक छोटा सा टुकड़ा भी मिल जाये तो हम प्रयोगशाला में अन्वेषण करके जान सकते है कि वो किस प्रकार कि धातु या तत्व के मिश्रण से बना है।

"इसी कार्य में मुझे आपकी जरूरत है। सोचिए ये खोज मानवता के इतिहास को हमेशा के लिए बदल कर रख देगी लेकिन मैं इस बार पहले कि तरह कोई दुर्घटना नहीं चाहता" राजेश्वर कहता है।

डॉ भण्डारी बोलते हैं "ठीक है मैं इस कार्य के लिए कोई समूह गठित करता हूं। रेडियो एक्टिव माहौल में समूह कि सुरक्षा का भी इंतजाम हो जाएगा लेकिन कुछ सामान बिना सरकार की इजाजत के नहीं खरीदा जा सकता और क्या

आपको विश्वास है कि सरकारी प्रशासन इस कार्य में कोई बाधा उत्पन्न नहीं करेगा ?

राजेश्वर बताता है कि उसकी सब व्यवस्था वो कर देगा।

मंत्रणा खत्म करके वहां से निकल कर राजेश्वर अपनी कार में बैठा और सोच में पड़ गया। वो सोच रहा था कि वो उम्मीद करता है कि वो जो कुछ भी सोच रहा था वो सब ठीक ही हो। उसके इस रोमांच के कारण पहले ही कुछ निर्दोष व्यक्तियों की जान जा चुकी है। पिछली बार गुरुजी भी क्रोधित हुए थे और ऐसा दोबारा न करने कि चेतावनी दी थी। इस बार उन्होंने हमेशा के लिए अपने एक शिष्य को चंद्रताल के आस पास निगरानी के लिए छोड़ दिया। इस बार उसने थोड़ी ज्यादा सावधानी लेने का निश्चय किया भले ही समय ज्यादा लग जाए।

एक दिन राजेश्वर हमेशा की तरह अपनी कुर्सी पर बैठा समुद्र की लहरों को देखता हुआ सिगार पी रहा था कि तभी उसका एक सेवक कॉर्डलेस टेलीफोन हाथ में लिए कहता है कि "दिल्ली से किसी डॉ भण्डारी का फोन आया है, क्या आप बात करना पसंद करेंगे ?"

राजेश्वर तपाक से फोन हाथ में लेते हुए अपने सेवक को बाहर जाने का इशारा करते हुए कहता है "जी डॉ भण्डारी कैसे याद किया"?

दूसरी तरफ से डॉ भण्डारी ने जवाब दिया "राजेश्वर साहब मैंने आपके और मेरी वार्तालाप को गहनता से सोचा तो मुझे ये

विचार आया कि शायद हमें पूरे इंतजाम से किसी समूह को गठित करके उस जगह का सर्वेक्षण करने की जगह पहले एक बार मैं खुद जगह को देख लूं, उसके बाद ही हमें अगला कदम बढ़ाना चाहिए, बाकी जैसा आपको ठीक लगे"

राजेश्वर कहता है "बिल्कुल डॉ भण्डारी, बताईए तीन दिन बाद चलने की योजना बनाई जाए क्या?"

डॉ भण्डारी जवाब देते हैं "जी बिल्कुल"।

राजेश्वर कहता है "आप दिल्ली से मद्रास हवाई जहाज से आ जाइये और उसके बाद मद्रास से त्रिची के लिए रेलगाड़ी पकड़ लीजिएगा, मैं आपसे त्रिची रेलवे स्टेशन पर शाम को मिलता हूँ"।

पहेली

जैसा कि तय हुआ था तीसरा दिन आया और पांडुचेरी में राजेश्वर सुबह अपनी बेंटले कार में बैठा और थोड़ी ही देर में कार हवा से बात करने लगी। करीब सात घंटे बाद राजेश्वर त्रिची रेलवे स्टेशन पर पहुंच गया जहां पर डॉ भण्डारी पहले से ही उसका इंतज़ार कर रहे थे। दोनों ने एक दूसरे का अभिवादन किया और दोनो गाड़ी में बैठ गए और गाड़ी ने फिर से यात्रा शुरू कर दी। लगभग एक घंटे बाद राजेश्वर ने कार चालक को

गाड़ी रोकने को कहा और डॉ भण्डारी को गाड़ी से उतरने का इशारा किया। दोनों गाड़ी से उतर जाते हैं और राजेश्वर डॉ भण्डारी को बताता है कि यहां से आगे हमे पैदल ही जाना पड़ेगा और यह कहते हुए वो अपनी जेब से एक कपड़ा निकालता है और कहता है "डॉ भण्डारी मुझे माफ कीजिएगा लेकिन आपको ये कपड़ा अपनी आंखों पर बांधना होगा।

डॉ भण्डारी चकित होते हुए पूछते है "ये आप क्या कह रहे हैं राजेश्वर साहब, मैं आंखों पर ये कपड़ा बांध कर चलूँगा कैसे? जरूर आप मजाक कर रहे हैं"

"मैंने आपको देश के एक कोने से दूसरे कोने में बुलाया और आप इस सुनसान सड़क पर खड़े हैं आपको क्यों लगता है कि मैं मजाक कर रहा हूं?"

डॉ भण्डारी हकपकाते हुए कपड़ा अपनी आंखों पर बांध लेते हैं और वो दोनों चलना शुरू कर देते हैं। चलते-चलते बहुत समय हो जाता है और राजेश्वर डॉ भण्डारी की आंखों पर बंधा कपड़ा खोल देता हैं।

डॉ भण्डारी आंखे खोलते हैं और राजेश्वर के हाथ जलती टॉर्च और आसमान में टिमटिमाते हुए तारों को देखते हैं।

डॉ भण्डारी राजेश्वर से पूछते हैं "क्या हम चंद्रताल पर पहुँच गए?"

"हां बस कुछ मिनटों कि बात है लेकिन इसके आगे हम बिल्कुल शांति से चलेंगे क्योंकि यहां हमेशा एक संत रहता है जो

झील कि रक्षा करता है इसी वजह से हम इस टॉर्च का भी प्रयोग नहीं कर सकते"

दोनों बहुत ही शांति से कदम रखते हुए पेड़ों के बीच में से अपना रास्ता बनाते हुए आगे बढ़ने लगते हैं और उन्हे धीरे धीरे झील दिखनी शुरू हो जाती है। तभी राजेश्वर डॉ भण्डारी को बैठने का इशारा करता है और वो बैठ जाते हैं। राजेश्वर थोड़ी आगे जाकर झील के आस पास तब तक घूरता रहता है जब तक वो विश्वस्त नहीं हो जाता कि झील के आस पास कोई है तो नहीं। राजेश्वर, डॉ भण्डारी से बाहर आने के लिए बोलता है। डॉ भण्डारी पेड़ों से बाहर आ जाते हैं और झील को निहारने लगते हैं और गुफा की तरफ चलना शुरू कर देते हैं। तभी राजेश्वर बिजली कि रफ्तार से डॉ भण्डारी का हाथ पकड़ कर उन्हें पीछे खींच लेता है और कहता है "आप क्या कर रहे है डॉ भण्डारी? मैंने आपको पहले ही बताया था वो गुफा कितनी खतरनाक है। वहां जाने पर आपको भी उसी दर्दनाक मौत से जूझना पड़ेगा जैसा पिछली बार आए सदस्यों को हुआ था।"

डॉ भण्डारी तुरंत बोलते है "माफ कीजिए राजेश्वर साहब अनजाने में मुझसे बहुत बड़ी भूल हो जाती।"

डॉ भण्डारी झील का परीक्षण शुरू कर देते हैं। डॉ भण्डारी को कुछ मिनट ही बीते थे कि उन्होंने जोर- जोर से हंसना शुरू कर दिया। राजेश्वर एक विस्मय भरी दृष्टि से डॉ भण्डारी को देखता है और उनके हंसने का कारण पूछता है।

डॉ भण्डारी कहते हैं "राजेश्वर जी आप इस झील को देख रहे हैं"?

राजेश्वर जवाब देता है "हां"

"आपको इस झील के बारे में कुछ अजीब नहीं लग रहा?" डॉ भण्डारी ने पूछा।

"नहीं" राजेश्वर ने उत्तर दिया।

डॉ भण्डारी बोले "मैं आपको समझाता हूँ, जैसा कि आप देख रहे हैं झील कि परिधि बिल्कुल गोल है, कोई भी प्राकृतिक झील कभी पूरी तरह से गोल नहीं होती"

"डॉ भण्डारी इस चीज से क्या फर्क पड़ता है कि झील गोल है या नहीं? ठीक से समझाइए" राजेश्वर कहता है।

डॉ भण्डारी कहते है "आपके इस सवाल का जवाब आकाश में है, जब भी कोई बड़ा उल्का पिंड पृथ्वी पर गिरता है तो एक बहुत गड्ढा हो जाता है, और समय के साथ-साथ उसमे पानी भरता है और वो झील में परिवर्तित हो जाती है"।

"क्या सच में ऐसा होता है" राजेश्वर ने कहा।

डॉ भण्डारी बताते है "बिल्कुल ऐसा होता है, पूरे विश्व में ऐसी झीलें हैं यहाँ तक कि हमारे भारत में भी और यकीन मानिए यहां जो भी है वो पूरी तरह से वैज्ञानिक है। मुझे विश्वास है हम चंद्रताल की इस पहेली को अवश्य ही सुलझा लेंगे।

"गुरु जी की कही कहानी मुझे कुछ-कुछ आपकी कही बात से मिलती हुई लगती है कि जैसे उन्होंने कहा था कि सूर्य देव इस

शिला को लाए थे इसका मतलब उस समय के मनुष्यों ने आग से धधकते उल्का पिंड को सूर्य समझ लिया होगा। और जब उल्का पिंड धरती पर गिरा और एक विस्फोट के साथ गहरा गड्ढा बना होगा लोगों ने सोचा होगा कि उसकी ऊर्जा से यह गड्ढा बना है। शायद इस उल्का पिंड का विकिरण ही होगा जिसकी वजह से लोग इसके पास आने में असमर्थ होंगे। चलिए डॉ भण्डारी आगे कि रणनीति पांडुचेरी में जाकर बनाएंगे।

भ्रम

कुछ महीनों बाद राजेश्वर जब अपने बंगले के अंदर दोपहर के भोजन की तैयारी कर ही रहा था कि तभी उसका सेवक उसे बताता है कि दरवाजे पर एक साधु खड़ा है जो अपना नाम वेंकटेश बता रहा है और वो आप से मिलना चाहता है। राजेश्वर खुशी से उस वेंकटेश को अंदर आने के लिए बोलता है और उत्साह से खुद भी उसके स्वागत के लिए घर के मुख्य द्वार पर पहुंच जाता है। राजेश्वर वेंकटेश को अपने साथ अंदर ले

आता है और बोलता है कि वेंकटेश तुम बिल्कुल सही समय पर आए हो अभी खाना खाने की तैयारी हो रही है।

वेंकटेश क्रोध भरे स्वर में कहता है "मुझे तुम जैसे दुष्ट के घर का पानी भी नहीं पीना"।

राजेश्वर चौंकते हुए वेंकटेश के इतना नाराज होने का कारण पूछता है। जिस पर वेंकटेश कहता है "मुझे मालूम है कि तुम जिस तरह के व्यवसायों में संलिप्त हो वो अधिकांश रूप से कानूनी नहीं है लेकिन ये नहीं मालूम था कि तुम इतने नीचे गिर जाओगे कि एक सन्यासी की भी हत्या कर दोगे"।

राजेश्वर आवेश भरे स्वर में बोलता है "ये कैसी मूर्खों वाली बात कर रहे हो वेंकटेश? तुम अच्छी तरह से जानते हो मैं एक व्यापारी हूं कोई हत्यारा नहीं। जो मेरे व्यापार के बीच में नहीं आता उसे मैं कुछ कहता नहीं और जो मेरे व्यापार के बीच में आता है उसे मैं छोड़ता नहीं। भला एक सन्यासी का मेरे व्यापार से क्या मतलब। थोड़ा संक्षिप्त में बताओ कि तुम क्या कहना चाहते हो?"

वेंकटेश कहता है "गुरु जी ने पहले ही तुम्हें चंद्रताल से किसी भी तरह कि छेड़छाड़ करने से मना किया था और फिर भी तुमने अपने आदमी चंद्रताल पर भेजे और ये ही नहीं गुरुजी ने जिस शिष्य को वहां देखभाल के लिए छोड़ा था तुमने उसका भी वध करवा दिया"।

राजेश्वर कुछ पल के लिए एक शिला कि तरह स्तब्ध हो

जाता है और सोचता है कि कहीं डाक्टर खुद ही उसे बिना बताए चंद्रताल तो नहीं पहुच गए लेकिन तभी उसने याद किया कि उसने अभी तक भण्डारी को चंद्रताल की स्थति के बारे में नहीं बताया तो ऐसा तो बिल्कुल नहीं हो सकता कि वो वहां पहुंच जाए या फिर ऐसा तो नहीं कि उसका अपना कोई आदमी इस कार्य में शामिल हो। फिर भी वो अपने आपको संभालते हुए विश्वास के स्वर में वेंकटेश से पूछता है कि वो ऐसे कैसे उसे उस सन्यासी कि हत्या के बारे में जिम्मेदार ठहरा सकता है?

वेंकटेश जवाब देता है "उस सन्यासी कि हत्या गोली मारने से हुई है और उसने मारने से पहले अपने पास पड़े एक पत्थर पर तुम्हारा नाम "राज" लिखा है"।

राजेश्वर संवेदना भरे स्वर में वेंकटेश को समझाते हुए कहता है कि वो जो भी बोल रहा है उसे उस बारे में मुझे कुछ भी ज्ञात नहीं। अगर वो चाहे तो अभी उसके साथ गुरुजी के पास जाने को तैयार है।

वेंकटेश कहता है "ठीक है, चलो तुम खुद ही गुरुजी को सारी बात समझा दो"।

दोनों राजेश्वर की कार में सवार होकर तुरंत ही गुरुजी के आश्रम की तरफ रवाना हो जाते है और रात होते होते उनके आश्रम पहुंच जाते है।

राजेश्वर को देखते ही गुरुजी क्रोध में आग बबूला हो गए और राजेश्वर से कहते हैं " हमने तुम्हारी मदद करी और तुमने

हमारी पीठ पर ही चाकू से वार किया हमने तुम्हें एक नया जीवन दिया और तुमने हममें से ही किसी एक की हत्या कर दी?"

राजेश्वर कहता है "गुरु जी वेंकटेश भी यही बात बोल रहा है और मैंने उससे जो बात बोली आपसे भी वही बात बोलूंगा कि मेरा इस कार्य से कोई लेना देना नहीं है। मैंने पहले अपने कुछ आदमी वहां भेजे उसके पीछे बस मानव जाति की भलाई ही मेरे दिमाग में थी"।

गुरु ज़ी झल्लाकर कहते है "क्या मानव जाति कि भलाई की जिम्मेदारी तुमने ही ले रखी है? अगर ऐसा संभव हो पाता तो पिछले सैकड़ों वर्षों में क्या कोई और न होता जो इस कार्य को कर चुका होता। तुम बस अपने द्वारा की गयी उस हत्या को छिपा रहे हो। याद रखो अगर हम तुम्हें जिस शक्ति के द्वारा जीवन प्रदान करवा सकते है उसी शक्ति के द्वारा छीन भी सकते हैं"।

राजेश्वर कहता है "गुरु जी मैं दुनिया का सबसे क्रूर और बुरा व्यक्ति हो सकता हूं लेकिन कभी भी झूठा व्यक्ति नहीं हो सकता। अगर इस कार्य में मेरा हाथ होता तो मैं वेंकटेश को अपने घर घुसने ही क्यों देता और अपने घर से इतनी दूर आपसे मिलने भी क्यों ही आता। मेरे दो बच्चे हैं और पृथ्वी के जिस देश में वो रहते हैं मेरे अलावा कोई नहीं जानता। मुझे खुद उन्हे देखे हुए सालों हो जाते हैं। ये सब क्यों? वो इसलिए कि मुझे उनके जीवन की परवाह है। मैं अपने उन दोनों बच्चों की सौगंध खाकर कहता हूं कि मेरा इस हत्या से कोई लेना देना नहीं है। और वैसे

भी अगर उसने मारने से पहले एक पत्थर पर “राज” लिख दिया तो इससे मैं दोषी तो साबित नहीं हो जाता”।

गुरु जी क्रोध में कहते हैं कि “जिस व्यक्ति ने भी उसकी हत्या की है उसे चंद्रताल का रास्ता मालूम था और मेरा वो शिष्य मरने से पहले “राज” क्यों लिखेगा?”

तभी वेंकटेश एक दम से बोलता है “गुरु जी याद है इसी गांव का एक लड़का जिसे हमने चंद्रताल की मदद से ठीक किया था। क्या नाम था उसका?”

गुरु जी कि आंखे फटी रह जाती है और उनके मुंह से निकलता है “राजशेखरन”।

लेकिन उसने तो भारत छोड़ दिया था?

राजशेखरन कौन है? राजेश्वर पूछता है?

प्रतिद्वंदी

राजशेखरन का जन्म दक्षिण भारत के एक छोटे से गांव में एक गरीब ब्राह्मण परिवार में हुआ। उसके दादाजी गांव के मुख्य मंदिर के पुजारी थे। बाद में राजशेखरन के पिता भी उसी मंदिर में पुजारी हुए। मंदिर में पुजारियों के रहने की अलग से व्यवस्था थी और उनका पूरा परिवार वहीं रहता था। गांव वालों के द्वारा जो भी दान दक्षिणा आती थी उसी से पूरे परिवार का भरण पोषण होता था। राजशेखरन के दादाजी ने शुरू से

ही पुराणों की कहानियां और आध्यात्मिक किस्से राजशेखरन को सुनाए। वो सुबह-सुबह ही नहाकर लुंगी व जनेऊ धरण करके अपने पिताजी के साथ मंदिर के इष्टदेव कि पूजा में मदद करता और बाद में अपने दादाजी के साथ मंत्र उच्चारण करने के लिए बैठ जाता। मंत्र उच्चारण के दौरान ध्वनि कि विभिन्न प्रकार के वेगों के मिश्रण, आंतरिक उच्चारण और शब्दों के बोलने का ढंग भी अलग होता है। उसके दादाजी ने उसे बताया था कि वेद अपौरुष्य और नित्य होते हैं। जिसका मतलब उनका निर्माण आम इंसानों ने नहीं किया और वे हमेशा मौजूद रहेंगे। ब्राह्मण हमेशा से वेदों के ज्ञान के और मंत्रों के उच्चारण की इन विधियों के संरक्षक रहे हैं।

एक दिन राजशेखरन अपने दादाजी से कहता है कि "दादाजी हम एक विशिष्ट प्रकार से ही किसी मंत्र का उच्चारण क्यूं करते हैं? अगर मैं आपसे कहूं कि दादाजी मुझे खाना चाहिए तो आप मुझे खाना देंगे अब भले ही मैं इसे जोर से कहूं या धीरे से कहूं क्या फर्क पड़ता है?"

उसके दादाजी कहते हैं "मंत्र उच्चारण कोई मामूली इस्तेमाल होनी वाली भाषा नहीं है इसका अपने आप में एक गुप्त विज्ञान है। हर मंत्र उच्चारण किसी विशिष्ट स्वर में ही होता है। जिससे कि उस मंत्र से जुड़े हुए देवता प्रसन्न होकर आशीर्वाद दे सके। अगर मंत्र को सही स्वर में नहीं बोला गया तो वही देवता हमारे विनाश का भी कारण बन सकता है।"

उसके दादाजी मंत्र उच्चारण करवाते समय विभिन्न प्रकार कि मुद्राएं भी करवाते थे। जैसे कि हाथ को हवा में किसी विभिन्न प्रकार से हिलाना या शरीर के किसी विशिष्ट अंग को छूना। मंत्र उच्चारण के समय राजशेखरन को अपना सिर भी विभिन्न दिशाओ में घुमाना पड़ता था। ये सिखाने के लिए उसके दादाजी उच्चारण के समय उसके बालों कि चोटी पकड़ कर शब्द और ध्वनि के हिसाब से उसके सिर को दाएं-बायें और उपर-नीचे करते थे।

एक दिन अभ्यास खत्म करने के बाद वो अपने दादाजी से पूछता है "कि क्या वो सारे वैदिक कर्मकांड करने के लिये तैयार है?"

उसके दादाजी हंस कर उसे बताते हैं कि "अभी नहीं। आगे जाकर उच्चतम शास्त्र शिक्षा के लिए उसे संस्कृत गुरुकुल में भेजा जाएगा।"

पास से ही राजशेखरन के पिताजी गुजर रहे थे वो एकदम से बोल पड़ते हैं "बिल्कुल भी नहीं, हम राजशेखरन को संस्कृत विद्यालय न भेजकर सरकार द्वारा बनवाए गए विद्यालयों में भेजेंगे। वैसे भी इस सब से हमें मिला ही क्या है? बड़ी मुश्किल से दो वक़्त का अन्न पेट में जाता है। सरकार द्वारा स्थापित विद्यालयों में जाएगा तो अंग्रेजी सीखेगा। भविष्य में कहीं पर कोई रोजगार करेगा चार पैसे भी कमाएगा और अपने परिवार को एक हष्ट-पुष्ट जीवन देगा"।

राजशेखरन के दादाजी पूंछते हैं, "तो फिर मंदिर का क्या होगा? मंदिर के इष्ट का क्या होगा?"

राजशेखरन के पिता जवाब देते हैं, "मैं हूँ ना, मैं अपनी मृत्यु के समय तक अपने इष्ट की सेवा करूंगा।"

और उसके बाद? "राजशेखरन के दादाजी पूंछते हैं।

राजशेखरन के पिता जवाब देते हैं "मंदिर की गरिमा उसके इष्ट से होती है न की उसके पुजारियों से, वैसे भी यदि इष्ट में शक्ति हुई तो पुजारी भी कहीं न कहीं से आ ही जाएंगे।"

राजशेखरन के दादाजी कहते हैं, "तुम सही ही कहते हो एक समय था राजा रजवाड़ों के समय में सारी प्रजा धनी हुआ करती थी। अधिकांश प्रजा भी आस्तिक हुआ करती थी। हर कोई हृदय खोलकर दक्षिणा दिया करता था। आजकल तो हर कोई इस सब को आडंबर ही समझते है। लोग हवन-पूजा के लिए भी किसी विशेष अवसर का इंतजार करते हैं। इसी वजह से देश के विभिन्न हिस्सों से विभिन्न प्रकार कि पूजा की विधियां भी समाप्त होती जा रही है।"

कुछ ही समय बाद पास के ही एक गांव के सरकारी विद्यालय में राजशेखरन का प्रवेश करवा दिया गया। राजशेखरन अपनी कक्षा का एक मेधावी छात्र था और हमेशा अच्छे से अच्छे अंकों से उत्तीर्ण होकर प्रथम आता था। राजशेखरन का बचपन गरीबी से लेकिन बड़ा शांत और छोटी-छोटी खुशियों से भरा हुआ था। घर से विद्यालय जाना और विद्यालय से घर आना एक

रोमांच से कम नहीं था। बच्चे कच्चे रास्तों पर पैदल ही विद्यालय जाते थे। कच्चे रास्ते के दोनों तरफ विभिन्न तरह के घर हुआ करते थे किसी घर कि छत घास कि छप्पर से या फिर किसी की छत पर पत्थर कि खपरेल होती थी। वैसे इन सब घरों कि तुलना जब राजशेखरन अपने घर से करता था तो वो एक प्राचीन विशालकाय मंदिर में रहता था जिस पर विभिन्न प्रकार कि कलाकृतिया अंकित थी। लेकिन घर से बाहर निकलने का भी अपना अलग ही आनंद था। उस कच्चे रास्ते पर गांव जैसे ही खत्म होता था धान के हरे हरे खेत शुरू हो जाते थे और उन खेतों के किनारे खड़े गगनचुंबी नारियल के पेड़ अत्यंत ही मनोरम लगते थे। उसी कच्चे रास्ते से एक पगडंडी बाईं तरफ मुड़ जाती थी जो राजशेखरन को उसकी पसंदीदा जगह ले जाती थी। वो था एक छोटा सा लकड़ी का पुल। ये पुल एक छोटी सी जलधारा के उपर बना हुआ था जो इस गांव को दूसरे गांव से जोड़ता था। वही गांव जिसमें राजशेखरन का विद्यालय था। राजशेखरन को वो इतना पसंद था कि कभी कभी वो वहां घंटों बैठ बस जलधारा को बहते देखता रहता था। राजशेखरन को शायद अपने निर्धन होने कि कोई शिकायत नहीं थी क्योंकि वो सबकुछ तो था जो उसे चाहिए था। मंदिर में लोग अधिकतर चावल ही दिया करते थे और राजशेखरन उस चावल के बदले राशन कि दुकान से कुछ भी ले आया करता था चाहे वो नारियल का तेल हो या फिर संतरे कि खट्टी मीठी गोलियां हों। लेकिन

बचपन में ही एक दिन उसे जिंदगी के कड़वे किन्तु सच्चे रूप को देखना पड़ा जिसका नाम था निर्धनता। एक दिन उसके दादाजी बहुत बीमार पड़ गए और गांव के वैद्य ने उन्हे शहर ले जाने कि सलाह दी और अगले दिन ही राजशेखरन के पिताजी उसके दादाजी को शहर ले गए। शहर में चिकित्सक ने उनके उपचार करने में अपनी असमर्थता दिखाई और उन्हे निजी अस्पताल में जाने के लिए बोल दिया। निजी अस्पताल में उन्हे बताया कि उनके उपचार में करीब दस हजार रुपए खर्च होंगे और अगले तीन से चार दिन के अंदर ही व्यवस्था करनी होगी क्योंकि उसके दादाजी पर अधिक समय नहीं था।

दोनों शाम तक घर आ गए और सारा वृतांत घरवालों को बता दिया। राजशेखरन के पिताजी रात्रि में ही गांव के साहूकार के पास गए लेकिन साहूकार इतना बड़ा उधार देने के लिए तैयार नहीं हुआ। वो घर वापस आ गए, उनकी आंखों में आंसू थे। आखिर इतने कम समय में इतनी बड़ी राशि कैसे आएगी?

राजशेखरन ने कहा कि "माँ बताती है कि मंदिर के इष्ट विष्णु ने जो जेवर पहने है उनकी कीमत अमूल्य है क्या हम उन्हे बेच-कर दादाजी का इलाज नहीं करा सकते?"

यह सुनकर राजशेखरन के दादाजी आगबबूला हो गए। वो बोले "सावधान अगर किसी ने ऐसी बात अपनी जीभ या दिमाग पर लाई भी। धिक्कार होगा ऐसी जिंदगी पर जिसे पाने के लिए ऐसा नरकतुल्य काम करना पड़े। ऐसा कुछ भी होने से पहले मैं

आत्महत्या कर लूँगा" और ऐसा कहकर वो भी जोर जोर से रोने लगे।

राजशेखरन के दादाजी ने दर्द से तड़प तड़प कर एक हफ्ते से कम समय में ही अपने प्राण त्याग दिए। सब लोग सब कुछ देखते हुए भी असहाय थे। इस घटना का राजशेखरन पर बहुत गहरा असर पड़ा। वो कई दिन तक मंदिर के गर्भ ग्रह नहीं गया शायद वो भगवान से नाराज था। समय के साथ सभी लोग जग की रीत के अनुसार राजशेखरन के दादाजी की मृत्यु भूलकर अपने दैनिक विषयों में व्यस्त हो गए। वो बड़ा हुआ और उसकी उच्च शिक्षा शहर में हुई। उसकी नौकरी मुंबई शहर के एक बड़ी औषधीय कंपनी में लग गई। अपने तेज दिमाग और मेहनत के बल पर वो जल्दी ही उस कंपनी के उच्च पद पर आसीन हो गया। राजशेखरन की नई जीवन शैली अपने बचपन में बीते जीवन से बिल्कुल अलग थी। उसे महंगी घड़ियों और महंगी गाड़ियों का शौक हो गया था। मदिरापान और संगीत में भी उसे अब रुचि होने लग गई थी। उसके माता पिता अभी भी गांव में रहते थे। उसने कई बार उनसे अपने साथ मुंबई लाने का प्रयास किया लेकिन उसके पिता हमेशा यही बात कहते कि उनके बिना मंदिर के इष्ट कि सेवा कौन करेगा? उनके पुरखे कई पीढ़ियों से प्रभु की सेवा कर रहे हैं। ये प्रभु ही उनके पुरखों के परिवार का भरण पोषण पीढ़ियों से कर रहे हैं। राजशेखरन की माँ की भी उसके हठ के आगे कुछ न चलती।

एक दिन राजशेखरन ने भी गुस्से में अपने पिता से बोल दिया कि, "तुम्हारे उस मंदिर और मंदिर के पत्थर ने हमे दिया ही क्या है? बस दो वक्त कि रोटी ही तो मिली है वो तो एक भिखारी को भी मिल जाती है। उस मंदिर में कुछ नहीं बस एक पत्थर ही तो है। वह आगे बोला समय बदल चुका है अब विज्ञान का समय है मेरी कंपनी विभिन्न प्रकार के शोध करके नई नई दवाइयाँ बनाती है जिससे हर साल करोड़ों मरीजों को आराम मिलता है, आपके मंदिर के इष्ट ने कितने मरीजों को ठीक किया है आज तक? उन मरीजों को छोड़ो मेरे दादाजी जिन्होंने अपने बचपन से लेकर अपने मृत्यु के आखिरी दिनों तक उस इष्ट कि सेवा की, क्या उनकी जान बच पाई? अगर उस समय हमारे पास धन होता तो मेरे दादाजी की जान बच सकती थी।"

राजशेखरन के पिता जी बस एक जवाब दिया "मैं तो उनका बंधुआ दास हूं, मैं उनसे कुछ भी मांगने कि दुष्टता कैसे कर सकता हूँ? वो जैसा कर दे वही सही है। उस दिन के बाद से राजशेखरन और उसके पिता ने आपस में बात करना भी छोड़ दिया। कुछ ही वर्षों में राजशेखरन ने अमेरिका की एक नामचीन औषधीय कंपनी मूनस्टार पैरा मेडिकल में पदभार संभाला।

मूनस्टार

राजशेखरन और उसकी कंपनी का एक समूह इस समय एक ऐसी औषधि पर काम कर रहे हैं जिससे हर एक मरीज चाहे थोड़ा बीमार हो या फिर मृत्यु के नजदीक हो उसे बिल्कुल स्वस्थ किया जा सकता है। वह एक ऐसे धातु के आवरण पर अध्ययन कर रहा था जिसके अंदर किसी भी व्यक्ति को लेटाकर मात्र कुछ ही समय में रोगी का रोग खत्म किया जा सकता है। औषधीय कंपनियों में उसके इस अध्ययन

कि इतनी चर्चा हो रही थी कि कई और बड़ी कंपनियों ने उसकी कंपनी के साथ बिजनेस साझा कर लिया था। लेकिन एक बड़ी बात अभी तक यह भी थी कि रोगी को रखे जाने वाले आवरण के बारे में तो सभी को पता था परंतु जो औषधि उस आवरण में इस्तेमाल होनी थी उसका अभी तक किसी को पता नहीं था। लेकिन राजशेखरन का प्रभाव ही कुछ ऐसा था कि इस बारे में कोई उस पर दबाव नहीं था। बस एक बात उसके कार्यदल को पता थी कि वो बीच बीच में अकेला भारत जाता था।

तुलना

राजेश्वर बोलता है "गुरु जी आप चिंता मत कीजिए मैं इस बारे में सबकुछ जल्दी ही पता लगाकर अपनी बेगुनाही साबित कर दूंगा"।

राजेश्वर ने अपने कुछ मित्रों कि मदद से भारतीय अप्रवासन विभाग से राजशेखरन की आवाजाही का विस्तारित विवरण निकलवाया।

कुछ ही दिनों उपरांत राजेश्वर गुरु जी से मिलता है और उन्हें अवगत कराता है कि राजशेखरन भारत इस बार ही नहीं यद्यपि कई बार आया था। इस समय राजशेखरन किसी बड़ी औषधि पर कार्य कर रहा है जिसका संपर्क भारत से कहीं ना कही जुड़ा हैं और यह सब योजना अचानक से नहीं बल्कि एक लंबे समय से प्रभाव में है।

राजेश्वर उनसे राजशेखरन के माता पिता के पास जाकर उनसे मालूम करने को कहता है कि यदि इन किसी यात्राओं में से वो कभी उनसे मिलने आया है।

गुरु जी तुरंत ही गांव के मंदिर में जाकर उसके माता पिता से मिलते हैं और राजेश्वर को अवगत कराते हैं कि जब से राजशेखरन भारत छोड़ कर गया तभी से उनसे उसका कोई संपर्क नहीं।

गुरु जी कि आंखों से आंसू टपकने शुरू हो जाते हैं और वो कहते हैं ,"जिस चंद्रताल से हमेशा मनुष्यों को जीवन मिला आज उसी चंद्रताल की वजह से मनुष्यों की मृत्यु हो रही है। राजेश्वर तुम ही बताओ तुममें और राजशेखरन में अंतर ही क्या है? दोनों ही मानवता की भलाई के लिए काम करना चाहते हो और दोनों की ही वजह से निर्दोष व्यक्तियों कि मृत्यु हुई"।

राजेश्वर कहता है "आप राजेश्वर कि तुलना किसी से भी कैसे कर सकते हैं? राजशेखरन जिन लोगों के लिए काम कर रहा है वो कोई आम लोग नहीं है । वो मात्र कोई औषधि

कंपनिया नहीं है बल्कि विश्व कि बड़ी बड़ी शक्तियां उन कंपनियों के पीछे खड़ी है और मुझे मालूम नहीं कि राजशेखरन को भी ये बात पता है कि नहीं लेकिन उनका उद्देश्य सिर्फ मरीजों को ठीक करना ही नहीं है अपितु मनुष्यों को कभी बूढ़ा न होने देना है। क्या आप इसका अर्थ समझते हैं? क्या प्रकृति इतने मनुष्यों को इतने संसाधन उपलब्ध करा सकती है? जवाब है बिल्कुल नहीं। इस औषधि के लिए सभी शक्तिशाली देश आपस में लड़ने को तैयार हो जाएंगे। और जो इस तकनीक को नहीं प्राप्त कर पाया वो देश भुखमरी और रोग से ग्रस्त होकर मरेगा। मानवता आपस में बंट जाएगी। मानवता ऊंच नीच के बीच में बंट जाएगी। इससे सभ्यता कई मायनों में आगे नहीं अपितु सदियों वर्ष पीछे चली जाएगी। मैं मानता हूं कि मैंने सदियों से चली आपकी परंपरा को तोड़ कर गलत किया लेकिन राजशेखरन के हाथों जो गलत होने वाला है वह उसके सामने कुछ नहीं। शायद हम हमेशा सही या गलत को नहीं चुन सकते अपितु हमे कम गलत और ज्यादा गलत के बीच में चुनाव करना पड़ता है"।

गुरु जी कहते हैं "चंद्रताल और उस गुफा में बैठी देवी कोई उपकरण नहीं है और ये तुम भली भांति जानते हो लेकिन अब आगे क्या किया जाए"?

राजेश्वर बोलता है "राजशेखरन कितना भी ज्ञानी क्यों न हो उसने एक गलती अवश्य ही की है"

गुरु जी उत्सुकता से पूंछते हैं "क्या"?

वो ये कि उसने चंद्रताल के बारे में अभी तक किसी को नहीं बताया है और इस बार वो जब भी यहां आएगा हमें तैयार पाएगा।

द्वंद

कुछ ही महीनों बाद राजेश्वर को सूचना मिलती है कि राजशेखरन फिर से भारत में प्रवेश कर चुका है। उसे यह भी पता चलता है कि इस बार राजशेखरन अकेला नहीं आया है। राजेश्वर चंद्रताल के जंगल के बाहर के इलाकों में विभिन्न जगहों पर अपने आदमियों को भेस बदलकर नियुक्त कर देता है। उन्हे सख्ती से निर्देश दिए गए थे कि जैसे ही कोई जंगल के उस तरफ बढ़ने की कोशिश करे उसे हथियारों के बल पर बंदी बना कर

पूछताछ करी जाए और कोई भी विदेशी किसी भी स्थिति में जंगल में प्रवेश न करे। परंतु कई हफ्तों कि प्रतीक्षा के बाद भी वहां कोई न आया। राजेश्वर को ये बात समझ नहीं आ रही थी कि इतना समय भारत में बीत जाने के बाद भी राजशेखरन और उसके आदमी अभी तक वहां क्यों नहीं आए? क्या ऐसा संभव है किसी राजशेखरन को राजेश्वर के आदमियों कि उपस्थिति का पता चल गया हो। लेकिन वो हाथ पर हाथ रखे सिर्फ उसका इंतज़ार भी तो नहीं कर सकता था। उसने निश्चय किया की उसे राजशेखरन को खोजना चाहिए।

राजेश्वर ने आस पास के शहरों में अपने लोगों में सूचना भिजवा दी कि हर किसी होटल या सरांय में मालूम किया जाए कि क्या कुछ विदेशियों का समूह वहां रुका है? उसकी यह योजना कामयाब हुई और उसके एक व्यक्ति ने सूचना दी "राजेश्वर साहब दो हफ्ते पहले विदेशियों का एक समूह त्रिची के एक होटल में तीन दिन के लिए रुका था और उनके साथ एक भारतीय भी था लेकिन उसके बाद उनका कोई ठिकाना नहीं"।

राजेश्वर कहता है "मालूम करो कि हाल में ही त्रिची में कोई नई प्रयोगशाला तो स्थापित नहीं हुई?"

लेकिन राजेश्वर और उसके साथियों को इसमे भी कोई सफलता हाथ नहीं लगी तो राजेश्वर अपने आदमियों से ये मालूम करने को कहता है कि आस पास के किस शहर से एक बड़ी प्रयोगशाला के लिए वैज्ञानिक उपकरण बेचे जा सकते है।

राजेश्वर को बताया जाता है कि मद्रास में रेड्डी ब्रदर्स प्रयोगशालाओं के उपकरण के सबसे बड़े विक्रेता है।

"ठीक है तो वहां जाकर मालूम करो कि क्या हाल ही में उन्होंने त्रिची में वैज्ञानिक उपकरण बेचे हैं क्या?" राजेश्वर कहता है।

"लेकिन राजेश्वर साहब वो आसानी से अपने ग्राहकों कि जानकारी किसी को नहीं देते" एक व्यक्ति बोला।

"तुम्हारी बंदूकों ने काम करना बंद कर दिया है क्या?" राजेश्वर ने गुस्से में कहा। इतना सुनते ही उसके आदमी मद्रास के लिए रवाना हो गए। शुरू में रेड्डी ब्रदर्स ने अपने ग्राहकों के बारे कुछ आनाकानी की लेकिन बंदूकों कि हवाई गोलीबारी से काम आसान हो गया।

राजेश्वर के व्यक्तियों ने राजेश्वर को फोन पर बताया कि त्रिची में मुख्यतः एक प्रयोगशाला को एक भारी मात्रा में उपकरण बेचे गए हैं जिसका नाम है मूनस्टार लैब्स।

"मूनस्टार लैब्स" यह शब्द राजेश्वर को कुछ याद दिलाता है। उसे याद आता है कि ये नाम सेल्वारमा के ठिकाने पर मिले धातु के ताबूतों पर लिखा था। राजेश्वर तुरंत बोलता है "हां यही है, इस प्रयोगशाला का पता मालूम करो"।

इस प्रयोगशाला का विवरण निकालने पर कोई विशिष्ट पता मालूम ना चलने पर राजेश्वर ने उस ट्रक चालक को खोजने को कहा जो मूनस्टार लैब्स में माल छोड़कर आया था। चालक को

ढूंढ कर जल्दी ही प्रयोगशाला का पता लगा लिया गया और एक रात राजेश्वर अपने सारे आदमी लेकर वहां पहुंच जाता है। एक व्यक्ति दरवाजा खटखटाता है लेकिन कोई दरवाजा नहीं खोलता। राजेश्वर ने उस इमारत की एक खिड़की से झांकने के लिए एक व्यक्ति को इशारा किया लेकिन उसे वहां कोई व्यक्ति नहीं दिखा। राजेश्वर ने खिड़की के पास आकर देखा तो वहां विभिन्न तरह के यंत्र और उपकरण थे। उसने दो व्यक्ति खिड़की के पास खड़े कर दिए और समूह में से दो व्यक्तियों को दरवाजा तोड़ने का आदेश दिया। उन दोनों ने जैसे ही दरवाजा तोड़ा और अंदर प्रवेश किया वैसे ही तुरंत एक मशीन के पीछे से एक व्यक्ति सामने आता है और अपनी राइफल दाग देता है पर जवाबी कारवाई में वो जमीन पर गिर जाता है। वहां दो गोलियों के चलने की आवाज होती है पहली जो उस व्यक्ति ने राजेश्वर के आदमियों की तरफ दागी थी जिसमे कोई हताहत नहीं हुआ और दूसरी जो राजेश्वर के आदमी ने तब दागी जब उसने खिड़की से इमारत के अंदर तुरंत उस राइफल पकड़े आदमी को मशीन के पीछे से निकलते देखा। उस आदमी के सिर पर गोली लगी और वो एक निर्जीव गेहूं की बोरी के समान नीचे गिर गया और तुरंत ही दोनों तरफ से ताबड़तोड़ गोलियां चलने लगी। राजेश्वर के आदमियों ने दरवाजा और खिड़की दो तरफ से मोर्चा संभाल रखा था जबकि राजशेखरन के आदमियों को दोनों तरफ कि गोलीबारी का जवाब देने में परेशानी हो रही थी। राजशेखरन

के आदमियों की बंदूकें बहुत आवाज कर रही थी लेकिन राजेश्वर के आदमियों कि बंदूकें एक – एक करके राजशेखरन के आदमियों को नीचे गिराते हुए उन्हें कमरे के एक कोने में धकेल रहीं थी। राजशेखरन के आदमियों कि गोलीबारी हल्की होती देख राजेश्वर के आदमी और ज्यादा उत्तेजना से गोलियां दागते हुए उनकी तरफ बढ़ना शुरू कर देते हैं। अब राजेश्वर भी अपनी रिवाल्वर से गोलियां दागना शुरू कर देता है तभी कोई बहुत जोर-जोर से चिल्लाना और रोना शुरू कर देता है। वो सब आगे बढ़ते हैं और कमरे के कोने में तीन शवों के पीछे दबा हुआ एक आदमी रोता चिल्लाता बैठा हुआ मिलता है। राजेश्वर पूछता है "लड़के तेरी बंदूक कहां है? क्यों डरपोक की तरह इन शवों के नीचे छुपा हुआ है, क्या नाम है तेरा ?

"मैं तो एक मामूली सा औषधि ज्ञाता हूं कोई सैनिक नहीं, मेरा इस सबसे क्या लेना देना"? राजशेखरन जवाब देता है।

"मैंने तेरा नाम पूछा है लड़के" राजेश्वर ने गुस्से में चिल्लाते हुए पूछा।

सामने से जवाब आता है "राजशेखरन, राजशेखरन नाम है मेरा"।

"एक मामूली औषधि ज्ञाता जिसने एक निर्दोष साधु की हत्या कर दी? और औषधज्ञों को बंदूकों कि सुरक्षा की कब से जरूरत पढ़ने लगी?" राजेश्वर बोला।

साधु कि मृत्यु की बात सुनकर राजशेखरन के पैरों के नीचे

से जमीन खिसक गई। राजशेखरन की आंखे फटी कि फटी रह गई और वो तुरंत पूछता है "तुम सब लोग कौन हो? और मुझसे तुम्हें क्या लेना देना है? तुम लोगों ने मेरे साथियों कि हत्या क्यों कर दी"?

"अगर तुम्हारी याददाश्त ठीक है तो याद करो पहले गोली तुम्हारे लोगों ने चलाई थी मेरे लोगों ने नहीं, और हमने तो पहले किसी सभ्य व्यक्ति कि तरह दरवाजा खटखटाया था लेकिन क्या कर सकते हैं कुछ लोगों को सभ्यता समझ नहीं आती?" राजेश्वर बोला।

राजशेखरन इस समय बहुत ही ज्यादा घबराया हुआ था, उसकी सांसे बहुत तीव्र गति से चल रहीं थी, उसका मुंह अचंभित अवस्था में खुला हुआ था और लगातार उसकी आंखों में से अश्रु धारा बह रही थी। इस समय उसकी मानसिक स्थिति उस जगह पहुंच गई थी कि उसे अब तेज धड़कते दिल के अलावा और कुछ भी महसूस नहीं हो रहा था।

"कोई इसे पानी पिलाओ वरना बिना हाथ लगाए ही मर जाएगा, वैसे भी इसे पता चलना चाहिए कि इसकी किस गलती की वजह से इसके साथियों की मृत्यु हुई" राजेश्वर बोला।

एक व्यक्ति राजशेखरन को पानी पिलाता है और उसके बाद राजशेखरन बोलता है "अगर तुम मुझे छोड़ दो तो मैं तुम्हें इतना धन दिलवा सकता हूं जितना तुमने सपने में भी नहीं सोचा होगा"।

"तुम्हें क्यों लगता है मुझे पैसे कि जरूरत है? तुम्हारी वजह से मेरे कुछ मित्र मुझे उस युवा साधु की हत्या का आरोपी मान रहे हैं और अब तुम मेरे साथ चलोगे और अपनी गलती उनके सामने स्वीकारोगे"।

उद्दंड

राजेश्वर राजशेखरन को गुरुजी के पास ले जाता है। वहां पर गुरुजी राजशेखरन से उस युवा साधु कि हत्या का कारण पूंछते हैं।

राजशेखरन कहता है "मेरा उसकी हत्या करने का कोई लक्ष्य नहीं था, मैं तो बस चंद्रताल से कुछ नमूने इकठ्ठे कर रहा था लेकिन वो मेरे कार्य में बाधा बन रहा था तो मजबूरन मुझे उसकी हत्या करनी पड़ी"।

गुरुजी कहते हैं "अरे दैत्य कुछ भी नहीं तो उस पवित्र जगह कि गरिमा का ही सम्मान रख लेता जिसने तुझे नया जीवन दिया, तूने ऐसी पुनीत जगह पर हत्या जैसा पापी कर्म किया"।

"मेरा शोध मानव सभ्यता को एक नया मोड़ दे देगा इसके आगे कुछ मनुष्यों की मृत्यु एक बहुत छोटा बलिदान है" राजशेखरन जवाब देता है।

गुरु जी कहते हैं "अरे मूढ़ मनुष्यों के काम मनुष्यों पर देवताओं के काम देवताओं पर ही शोभा देते हैं, प्रकृति के कार्य से क्यों छेड़छाड़ करते हो"?

"हम भारतीयों कि यही परेशानी है, हमारी मानसिकता ही एक गरीब और मजबूर व्यक्ति की है। हम कुछ भी प्राप्त कर ले लेकिन दिमाग से हम हमेशा गरीब और दयनीय रहेंगे। हमारे साथ कुछ अच्छा होगा तो भी बादलों के ऊपर बैठे देवता उसका कारण होते हैं और अगर हमारे साथ कुछ बुरा होता है तो भी उसका कारण बादलों के उपर बैठे वो देवता जिन्हे किसी ने देखा तक नहीं। हम अपने जीवन के स्वामी खुद हैं, कोई पत्थर की मूर्ति या हमारी आंखों को न दिखने वाला अदृश्य जीव कैसे हमारे भाग्य का निर्धारण कर सकता है? मेरा मानना है कि हम दयनीय या गरीब रहे इसका फैसला हमारे हाथ में होता है। उस चंद्रताल में कोई दैवीय शक्ति नहीं है वो सिर्फ एक वैज्ञानिक अध्ययन का विषय है" राजशेखरन कहता है।

गुरु जी कहते हैं "चलो मैं एक बार के लिए मान लेता हूं वहां

कोई दैवी शक्ति नहीं है और वो सिर्फ एक वैज्ञानिक घटना है, लेकिन उस शक्ति से तुम मानवता का क्या भला कर सकते हो"?

"हम इस शक्ति का प्रयोग करके ऐसे आधुनिक यंत्र बना सकते हैं जिससे कभी भी कोई भी किसी रोग से नहीं मर सकता" राजशेखरन कहता है ।

"अगर ये वैज्ञानिक यंत्र किसी गलत व्यक्ति के हाथ लग जाते हैं तो तुम्हें विश्वास है कि वो इसका प्रयोग धन अर्जित करने के लिए नहीं करेगा? या ऐसा भी संभव है ये तकनीक सिर्फ कुछ मुट्ठी भर लोगों के समूह को ही लाभान्वित करेगी"? गुरु जी कहते हैं।

राजशेखरन कहता है "जैसा कि मैंने कहा हमारे हाथ में ही हमारा भाग्य होता है जो लोग उस मुट्ठी भर लोगों के समूह में आने कि काबिलियत रखते होंगे वो तो उस समूह में आ ही जाएंगे अन्यथा प्रतिदिन इस ग्रह पर हजारों मनुष्य कीड़े मकौड़ों की मौत वैसे भी मर ही रहे हैं"।

"क्या तुम मनुष्य के जीवन कि तुलना किसी कीड़े मकौड़े से कर रहे हो? क्या तुम्हें इस जीवन में इससे अधिक कुछ नहीं दिखता"? गुरु जी कहते हैं।

"सिर्फ उन्हीं मनुष्यों को जीने का अधिकार है जो सही ज्ञान अर्जित करके उसे आगे बढ़ा सके" राजशेखरन बोलता है।

गुरु जी कहते हैं "ऐसे ज्ञान का क्या फ़ायदा जिसमें करुणा

न हो?, ज्ञानी तो रावण भी था लेकिन उसे आज भी सारा जग असुर के नाम से ही जानता है"।

"जिसे आप करुणा कहते हैं मैं उसे मूर्खता और मनुष्य की एक कमजोरी मानता हूं" राजशेखरन जवाब देता है।

"राजशेखरन तुम विदेश जाकर धन से तो बहुत धनवान बन गए लेकिन हृदय से बहुत ही गरीब बन गए, राजेश्वर चलो इसे इसके माँ बाप के पास लेकर चलते हैं शायद उन बेचारों का चेहरा देखकर इसकी बुद्धि पर पड़ा कपड़ा हट जाय" गुरु जी राजेश्वर कि तरफ देखते हुए बोलते हैं।

न्याय

राजेश्वर और उसके आदमी राजशेखरन को लेकर गांव के मंदिर की तरफ चल पड़ते हैं।

इस सारी घटना में पूरी रात निकल गई थी और अब सूरज कि लालिमा दिखनी शुरू हो गई थी।

सब लोग मंदिर के मुख्य द्वार पर पहुंचते हैं और वहां भूमि को को स्पर्श करते हुए मंदिर प्रांगड़ के अंदर घुस जाते हैं, लेकिन राजशेखरन कुछ भी प्रतिक्रिया न दिखाते हुए मंदिर के

अंदर घुस गया। मंदिर में प्रवेश करते हुए एक औरत सफेद साड़ी में में बैठी हुई मंदिर के तालाब में फूलों को धो रही थी, मंदिर के अंदर घुसने वालों मनुष्यों के पैरों की आवाज सुनकर वो द्वार कि तरफ देखती है और उस औरत की आंखे पानी से भर जाती है। उसे इतने लोगों की भीड़ में सिर्फ अपने एकमात्र पुत्र राजशेखरन की शक्ल ही दिख रही थी, वो तेजी से उसकी तरफ बढ़ी लेकिन उसके पैर अकस्मात रुक गए और वो पीछे देखने लगी।

वो शायद बेटे से मिलने से पहले अपने पति से किसी तरह कि इजाजत चाहती थी। एक तरफ वो बेटा था जिसकी आंखें लाल थी दूसरी तरफ वो माँ जिसकी आंखों से इतना पानी बह रहा था कि आज जिसके आगे हिमालय का सबसे बड़ा झरना भी शर्म से पानी हो जाए।

अपनी माँ को देखते ही राजशेखरन बोला `अम्मा' और अचानक ही अपनी माँ के पीछे से धोती में आते हुए एक पुरुष को देख कर उसकी आवाज एक दम से शुन्य हो गई। उस समय राजशेखरन के पिता मंदिर प्रांगड़ को धो रहे थे कि तभी राजशेखरन को देखते ही उनके हाथ से पानी का मटका उनसे ही छूट गया और वो अपने बेटे से भागकर लिपट गए और इस घटना में कुछ समय भी नहीं लगा कि राजशेखरन कि माँ भी उस से लिपट गई। दोनों माता पिता अपने बेटे के मिलने पर इतने ज्यादा प्रेम मुग्ध थे कि उन्होंने ये ध्यान ही नहीं दिया कि

करीब पंद्रह से ऊपर लोग जिसमें अधिकतर लोग हथियारबंद थे वहां खड़े थे। राजेश्वर कि एक शक्तिशाली लात राजशेखरन कि कमर के नीचे पड़ती है और जैसे ही राजशेखरन जमीन पर गिरता है वैसे ही उसके माँ बाप का प्रेम बांध टूट कर चेतन में स्थित होता है।

दोनों पति पत्नी सबको देखते हैं और उनकी आंखें गांव के उस बूढ़े साधु पर रुक जाती है जिसे राजेश्वर और बाकी लोग गुरुजी के नाम से संबोधित करते हैं।

गुरुजी कहते हैं "देख राजशेखरन, क्या तुझे इन दोनों में भी वो गरीबी और दयनीयता दिखती है"?

"हां बिल्कुल, इन दोनों में तो खासकर" राजशेखरन बोलता है।

राजेश्वर अपनी स्विस रिवाल्वर बाहर निकलते हुए बोलता है "गुरु जी ये वो वाला राजशेखरन नहीं है जिसे मैंने उस प्रयोगशाला में पकड़ा था"।

गुरु जी राजेश्वर को अपने हाथों से रुकने का इशारा देते हुए उसके माँ बाप से बोलते हैं "मैं सोचता था कि प्रारब्ध के साथ कुल के संस्कारों का भी किसी व्यक्ति पर बहुत असर पड़ता है लेकिन तुम्हारे बेटे के ऊपर तो मुझे मात्र भी कोई असर नहीं दिखता"।

राजशेखरन के पिता कहते हैं "ये धन कमाना चाहता है तो ठीक है हमें क्या परेशानी है इससे? लेकिन हमारे कुल के बारे

में आप ऐसे कैसे बोल सकते हैं"?

"माफ करना लेकिन मुझे तुम्हारे कुल के बारे में कुछ नहीं कहना चाहिए लेकिन तुम इसके माता पिता हो तुम इसकी बुद्धि का सुधार करो, इतना प्रभु के लिए जो समर्पित परिवार हो उसका एकमात्र बेटा हत्या कर दे तो इससे ज्यादा गलत मैं क्या सोचूं?

"हत्या ये क्या बकवास है? मेरा बेटा कुछ भी कर सकता है लेकिन ऐसा कर्म नहीं कर सकता" राजशेखरन के पिता बोलते हैं।

गुरु जी राजशेखरन से कहते है "तू ही बता दे तेरी गलती या फिर मैं बताऊं"?

"गलती उस आदमी के आगे बोलूं जो अपने बाप की जिंदगी ढूंढता हुआ मजबूर था या फिर उसके आगे जिसने एक पत्थर को सर्वस्व मान लिया?" राजशेखरन जवाब देता है।

"हम अपनी इच्छा से भी तुम्हारे दादाजी को जीवित नहीं रख सकते थे, जिस व्यक्ति ने जीवन की इच्छा ही त्याग दी हो उसे कोई कैसे जीवित रख सकता है?" गुरु जी कहते हैं।

क्या बकवास है ये? अगर कोई चीज खराब है तो उसे ठीक करो इतनी सी बात है" राजशेखरन बोलता है।

"तुम मनुष्य के जीवन की तुलना मात्र एक "चीज" से कर रहे हो? गुरुजी कहते हैं।

"इस जैसे लोग सिर्फ रिवाल्वर की भाषा समझते हैं आप

कितना भी समझाओ गुरु जी ये मूढ़ ही रहेगा" राजेश्वर बोलता है।

गुरुजी राजेश्वर को धमकाते हुए स्वर में कहते हैं " हर व्यक्ति के अंदर एक युद्ध चल रहा है बस हमें उसे उसे युद्ध से दूर करना है और ये बात मैं तुम्हारे लिए भी कह रहा हूं"।

राजेश्वर शांत हो जाता है और कहता है "इसका मतलब आप इसे ऐसे ही छोड़ देंगे"?

"मैंने ऐसा नहीं कहा, इसे इसकी गलती का परिणाम जरूर भुगतना पड़ेगा परंतु हत्या का जवाब हमेशा हत्या नहीं होता। हमारे समाज में न्यायपालिका है और उसी न्यायपालिका के अनुसार इसे उचित दंड दिया जाएगा।

इतने में राजशेखरन की माँ फूट-फूट कर रोने लगती है और गिड़गिड़ा कर राजेश्वर के आगे हाथ जोड़ते हुए कहती "हां जैसा गुरु जी कह रहे है ऐसा ही करो, माना कि इसकी गलती कोई आम गलती नहीं हैं हम बूढ़े माँ बाप पर तो तनिक तरस खाओ, हम तो इतना जान कर ही खुशी से अपना शेष जीवन व्यतीत कर लेंगे कि हमारा इकलौता पुत्र जहां भी है आखिर जीवित तो हैं"।

"अच्छा है यदि यही सभी की इच्छा है तो ऐसा ही करना चाहिए", राजेश्वर जवाब देता है।

गुरुजी आसमान कि तरफ देखते हुए कहते हैं "भोर होने को है सूरज निकलते ही इसे पुलिस के सुपुर्द कर देंगे, इसके

भविष्य के आगे का फैसला न्यायपालिका ही करेगी"।

राजशेखरन कि माँ और पिता दोनों ही फूट फूट कर रोने लगे और सुबह होते ही उसे उचित कानूनी धारायें लगवा कर उसे पुलिस के सुपुर्द कर दिया गया।

छल

कुछ दिन बीते ही थे कि राजेश्वर को चंद्रताल में फिर से उत्सुकता होने लग गई। उसने डॉ भण्डारी को फोन करके चंद्रताल के लिए योजना बनाने को कहा। इस पर डॉ भण्डारी जवाब देते है "मुझे कुछ हजमत सूट चाहिए होंगे जो कि अमेरिका में निर्मित हो और आकलन के हिसाब से 'ए' श्रेणी या फिर प्रथम श्रेणी के हो। अगर किसी भी जगह ऊर्जा का विकिरण हो तो ये वहां पर अत्याधिक कामयाब होते हैं। और मैं कुछ उपकरणों कि सूची भी आपको फैक्स से भिजवा देता हूं आप

कृपया उनका इंतजाम करवा लीजिए"। दिन और समय निश्चित किया लेकिन एक दिन अचानक भारी पुलिस बल के साथ केन्द्रीय अन्वेषण ब्यूरो के कुछ अधिकारियों ने राजेश्वर को गिरफ्तार कर लिया, राजेश्वर को उस समय कोई भी कारण ना बताया और ना ही उसे किसी से संपर्क की सुविधा दी और राजेश्वर को दिल्ली ले जाने का आग्रह किया। राजेश्वर ने कहा दिल्ली ही क्यों? आखिर मेरे पर आरोप ही क्या है? इस पर एक अधिकारी जवाब देता है "राजेश्वर इस बार तू बड़े मगरमछ के तालाब में फसा है, स्वयं ग्रह मन्त्रालय से तुम्हें सलाखें दिखाने का आदेश आया है"

राजेश्वर अपने आदमी को सारी परस्थिति पर नजर रखने को कहता है और उसने भी हामी में सिर हिला दिया। राजेश्वर को तुरंत ही एक रेलगाड़ी में केन्द्रीय अन्वेषण ब्यूरो के अधिकारी और कुछ पुलिस बल के साथ दिल्ली मुख्यालय ले आ गया और वहां केन्द्रीय अन्वेषण ब्यूरो के एक जज की बेंच ने कुछ आरोप पढ़ते हुए उसे तुरंत तिहाड़ जेल के लिए रवाना कर दिया गया। राजेश्वर को ये सभी चीज़े इतनी जल्दी से होता देख कर कुछ समझ में नहीं आ रहा था। उसका एक आदमी दो दिन बाद ही उससे कारागार में मिलने आता है।

राजेश्वर उससे पूछता है "क्या तुम्हें इस सब का कोई कारण पता चला? इस सब के पीछे कौन है? अभी तो कोई चुनाव पास नहीं है।"

उसका आदमी कहता है, "इस सब का तो ज्यादा कुछ पता नहीं चला लेकिन राजशेखरन को कारागार में नहीं भेजा गया। यहां तक कि पुलिस स्टेशन में उसका कोई रिकार्ड मौजूद नहीं है"

यह सुन कर राजेश्वर का माथा ठनक जाता है "और वो अपने आदमी से पूछता है कि क्या उसने गृह मंत्रालय में मालूम किया"?

राजेश्वर के आदमी ने उसे बताया "गृह मंत्री तो दूर की बात है उनके निजी सहायक से मिलने के लिए जो चिट्ठी भेजी थी उसका भी कोई जवाब नहीं आया"।

"अच्छी बात है निजी सहायक से मिलने उनके घर जाओ" यह कहते हुए राजेश्वर उसे वहां से जाने कि मुद्रा में जाने का आदेश देता है।

अगली दोपहर को ही गृह मंत्री का निजी सहायक कारागार में आकर राजेश्वर से मिलता है और कहता है "राजेश्वर साहब आपका इस तरह से अपने व्यक्तियों को मेरे निजी आवास पर भेजना बिल्कुल भी मौलिक नहीं हैं, गृह मंत्री जी बहुत ही ज्यादा नाराज है। याद रखिए कारागार तो बहुत ही छोटी सी बात है आपका बनाया गया इतना बड़ा कारोबार खत्म करना उनके लिए कोई बड़ी चीज नहीं है"।

राजेश्वर कहता है "क्या तुम मुझे धमकाने का प्रयत्न कर रहे हो? याद है पिछले निर्वाचन में सबसे ज्यादा नकद मैंने ही उसकी

पार्टी को दिया था, मैं एक व्यापारी हूं कोई नेता नहीं जो हमेशा एक ही पार्टी का के पीछे रहूंगा। तुमने ये बात बोली भी कैसे? तुम ही कौन सा अपनी पार्टी के लिए स्वामीभक्त रहते हो ? तुमसे अच्छा तो मुझ जैसा अपराधी ही है जो अपने काम के प्रति ईमानदार रहता है। जाओ और अपने गृह मंत्री को बोलो या तो वो मुझे रिहा करवाए या तुरंत मुझसे मिलने आए"।

नीति

निजी सहायक तुरंत वहां से चला जाता है और देर रात को गृह मंत्री का जेल में एक अकेली गाड़ी में आगमन होता है।

गृह मंत्री राजेश्वर के कमरे के आगे आकर बोलते हैं "राजेश्वर तुम तो मेरे पुराने मित्र हो, मैंने यहां किसी भी तरह कि सुख सुविधा में तुम्हारे लिए कोई कमी नहीं छोड़ी, देखो मुझे क्यों दुविधा में डाल रहे हो सिर्फ कुछ दिन की ही बात है, मैं तुम्हारे

सारे मुकदमे रद्द करवा दूंगा"।

"अगर मैं तुम्हारा मित्र ही हूं तो इस तरह से मुझे अचानक गिरफ्तार करके यहां जेल में क्यों भिजवा दिया? तुम मुद्दे कि बात पर आओ और बताओ कि अमेरिका कि कंपनी मूनस्टार पैरा मेडिकल ने तुम्हें मुझे जेल के अंदर रखने के लिए कितना धन दिया है?" राजेश्वर कहता है।

ये बात सुनकर गृह मंत्री चौंक जाते हैं और कहते हैं "विश्वास करो राजेश्वर इस सबमें मेरा कोई स्वार्थ नहीं है, स्वयं प्रधानमंत्री जी का आदेश था, मैंने तो उन्हे समझाया भी परंतु अमेरिका में उनके कुछ खास मित्र है जिनका कहा वो भी मना नहीं कर पाए"।

राजेश्वर कहता है "अच्छा है, सुनो पिछले साल इटली और जर्मनी के साथ हुए रक्षा सौदों में प्रधानमंत्री जी ने जो भी धन कमाया है उसके सारे दस्तावेज मेरे पास मौजूद है"।

यह सुनते ही गृह मंत्री गुस्से में तमतमा जाते हैं और कहते हैं "क्या मनगढ़ंत बकवास कर रहे हो राजेश्वर? प्रधानमंत्री जी ने उस सौदे में एक रुपये का भी घोटाला नहीं किया है"।

"बहुत अच्छे ठीक है मैं विपक्ष को वो सारे दस्तावेज दिलवा देता हूँ, वो ही अखबारों में उन्हें छपवा देंगे और तुम भी अपने दफ्तर में बैठकर उन्हे पढ़ लेना। और मेरी ये बात याद रखना कि अगले चुनाव जब तुम हारोगे तब ये ही केन्द्रीय अन्वेषण

ब्यूरो के लोग उन्हें गिरफ्तार करके इसी जेल में भेजेंगे। तुम्हें इस बात का चुनाव करना है कि वो दस्तावेज प्रधानमंत्री जी को दे दूं या विपक्ष को दे दूं या फिर तुम्हें दूं आखिर राजनीतिक मंशाएं तो सभी की होती हैं"।

यह सुनकर गृहमंत्री बिना कुछ कहे तिहाड़ कारागार से चले जाते हैं।

अगले दिन राजेश्वर को कारागार से बरी कर दिया गया।

शक्ति

राजेश्वर तुरंत ही अपने पांडुचेरी के निवास पर पहुंच जाता है और समय की कमी का अनुमान लगाते हुए फौरन ही त्रिची की प्रयोगशाला के लिए निकल पड़ता है। दो आदमी कार में छोड़कर वो सब तेजी से प्रयोगशाला कि तरफ बढ़ते हैं, वो प्रयोगशाला के दरवाजे कि तरफ पहुंचे भी नहीं थे कि अकस्मात ही तीन तरफ से उन सब के ऊपर गोलियां दागी जाने लगी। उन्हे संभलने का मौका ही नहीं मिला और राजेश्वर के आदमी

एक एक करके जमीन पर गिरने शुरू हो गए। गोलियों कि आवाजें सुनकर गाड़ी में बैठे राजेश्वर के दोनों आदमी भी आ जाते हैं और जवाबी गोलियां दागनी शुरू कर देते हैं जिसमे राजशेखरन के कुछ आदमी भी नीचे गिर जाते हैं, लेकिन इस बार राजशेखरन का बाहुबल ज्यादा था शायद राजेश्वर ने इस सब की उम्मीद भी नहीं की थी और वो जल्दबाजी में उपयुक्त मात्रा में बाहुबल नहीं जुटा पाया। थोड़े ही समय बाद उसके सारे आदमी जमीन पर थे और उसके सिर पर एक रिवाल्वर लगी हुई थी, और वो रिवाल्वर और किसी की नहीं राजशेखरन की थी।

राजशेखरन कहता है "चिंता मत कर राजेश्वर मैं तुझे नहीं मारूंगा, मेरी एक हत्या तूने भी माफ की थी, मुझे विश्वास था की तुम कारागार से यहां का रास्ता कैसे भी ढूंढ ही लोगे। लेकिन राजेश्वर तुझे इस हालत में नहीं छोड़ूंगा कि तू कभी भविष्य में मेरे काम में बाधक बने। राजशेखरन राजेश्वर के बाएं कंधे पर गोली चलता है और दूसरी गोली उसकी दाईं जांघ पर चलाता है और उसे घायल अवस्था में वहीं छोड़कर अपने साथियों को लेकर चंद्रताल की तरफ रवाना हो जाता है।

राजेश्वर अपने घावों कि तरफ देखता है और अपने रक्त को देखकर क्रोध से भर जाता है, वह अपने घावों को कपड़े से दबाकर बस रक्त रोकने की कोशिश करता है और प्राथमिक उपचार न लेने का फैसला करता है। वह जानता था कि घाव अभी गरम है और वो राजशेखरन के निकट जितना जल्दी पहुंच

पाएगा उतना ही जल्दी उसे रोकने की कोशिश कर पाएगा। वह कार का इंजन शुरू करता है और कुछ पल में ही उसकी बेंटले हवा से बात करने लगी, उसे कुछ-कुछ बेहोशी महसूस हो रही थी और इस वजह से कार कभी-कभी दूसरी तरफ चल पड़ती थी लेकिन उसका ध्यानकेन्द्र जल्दी से जल्दी मात्र चंद्रताल के जंगलों तक पहुंचना था। वह जल्द ही जंगल के बाहरी रास्ते पर पहुंच जाता है और आगे का रास्ता पैदल पार करना शुरू कर देता है। एक जगह वो चक्कर खा कर नीचे गिर जाता है और कुछ घंटों बाद उसे होश आता है तो ध्यान करता है कि उसे राजशेखरन के पास पहुंचने में देर हो चुकी है। वो उठने की कोशिश करता है लेकिन उसका शरीर साथ नहीं दे रहा था। वो दोनों हाथ जोड़ कर आंखे बंद करता है और कहता है "हे देवी अगर आप सच में उस शिला में जीवंत स्थित हो तो आज मेरी राजशेखरन को रोकने में मदद कीजिए, मुझसे आपके अस्तित्व को मानने में गलती हुई है कृपया मुझे माफ कीजिए। आज बस राजशेखरन को रोक लूं फिर तुम्हारे चरणों में मेरे प्राण न्यौछावर हो जाए मुझे कोई दुख नहीं होगा वैसे भी ये प्राण आपके ही दिए हुए हैं"। ऐसा कहकर राजेश्वर ने अपने बाय कंधे लगी गोली से हुए घाव पर जोर से अंगूठा रख दिया और जोर से एक चीख मारी और अपने पैरों पर खड़ा हो गया। वह जैसे ही चंद्रताल की गुफा के निकट पहुंचा वहां रुक कर राजशेखरन और उसके आदमियों की चहलकदमी का अध्ययन करने लगा। उसने देखा

वहाँ कई लोग हैं जिनसे निपटना उसके अकेले के बस में नहीं हैं अतः वह योजना बनाता है कि यदि वह राजशेखरन को अकेला पाकर उसकी हत्या कर दे तो शिला कि ऊर्जा और उसके उपकरण का ज्ञान उसी के साथ समाप्त हो जाएगा। अतः वह देखता है कि राजशेखरन के साथ के सभी लोग हजमत सूट पहन कर गुफा कि तरफ बढ़ना शुरू कर देते हैं और राजशेखरन अकेला चंद्रताल के किनारे खड़े हो जाता है तभी राजेश्वर उसकी कमर पर अपनी स्विस रिवॉल्वर रख देता है और गोली दाग देता है लेकिन वह अचंभे से देखता है कि राजशेखरन ने बुलेट प्रूफ जैकेट पहनी है और शायद उसे उसके सिर पर गोली दागनी चाहिए थी लेकिन दो पल कि इस चूक ने राजशेखरन को वापिस ऊपर दर्जे के पायदान पर ला खड़ा कर दिया था। रिवॉल्वर अब राजशेखरन के हाथों में थी और उसकी नली का मुंह राजेश्वर के माथे पर, राजेश्वर बस इतना ही कह पाया "माँ मुझे क्षमा करना मै तेरे पवित्र स्थल की रक्षा नहीं कर पाया", इतना कहते ही गुफा में से एक तेज प्रकाश निकलता है वहां पर मौजूद सारे इंसानों पर पड़ता है, राजेश्वर की आंखों की चौंध जैसे ही कम होती है वो राजशेखरन को अपने आगे मृत देखता है और उसके बायें तरफ गुफा के आगे भी राजशेखरन के आदमी मृत अवस्था में पड़े थे और राजेश्वर को ये देख कर अब कोई अचंभा नहीं था कि उसके घाव देवी की कृपा से ठीक हो गए। राजेश्वर गुफा कि तरफ नतमस्तक हुआ और चंद्रताल से वापिस चल पड़ा।

प्रस्थान

राजेश्वर गुरुजी के पास पहुंचता है और उन्हें सारी घटना सुनाता है तब गुरु जी कहते हैं "राजेश्वर मैंने तुमसे पहले ही कहा था कि वह शिला कोई शोध की विषय वस्तु नहीं है।

"हां वो एक जीवंत शक्ति है" राजेश्वर हंसते हुए कहता है।

गुरुजी कहते हैं "इस विज्ञान के जमाने में पता नहीं चंद्रताल का क्या भविष्य होगा"?

राजेश्वर कहता है "मैंने फैसला किया है कि मैं चंद्रताल और उसके आस पास के सारे जंगल की जमीन खरीद रहा हूं, अब आपको और आपके शिष्यों को वहां कोई बाधा नहीं होगी"।

यह सुनते ही गुरु जी कि आंखें नम हो गईं।